물리적으로 고립된 나의 고교생활

My Highschool Life is Phisically Isolated.

7

SEVEN

모리타 키세츠 지음

Mika Pikazo 일러스트

SHIONOMIYA
RANRAN
시오노미야 란란
묘조 마호
MYOJO
MAHOU

ASAKUMA
SHIZUKU
아사쿠마 시즈쿠
TATSUTAGAWA
Elias
타츠타가와 에리아스

아야메이케 아이카
AYAMEIKE
AIKA

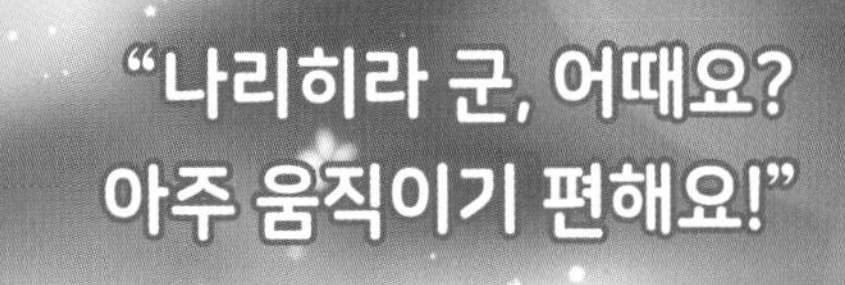
"나리히라 군, 어때요?
아주 움직이기 편해요!"

"다이후쿠 군, 크리스마스 선물이에요."

다이후쿠 보쿠젠
daifuku
bokuzen
누군가에게 등을 떠밀린 다이후쿠가 무대로 올라왔다.
거의 쫓겨난 것 같은 모습이었다.
까마귀도 성실하게 그 뒤를 따르고 있었다.
무대 중앙에서 다이후쿠와 시오노미야가
마주 보는 형태가 되었다.

CONTENTS

란란

다이후쿠

Mika Pikazo 일러스트

물리적으로 고립된 나의 고교생활

My Highschool Life is Phisically Isolated.

7 SEVEN

하구레 나리히라
고등학교 2학년생. 1m 이내의 인간에게서 체력을 빼앗아 흡수하는 통칭 '드레인' 이능력을 가졌다.

타카와시 엔쥬
나리히라와 같은 반이며 동맹 관계. 다른 사람과 3초간 시선을 맞추면 본심이 전광게시판에 표시되어 버리는 통칭 '마음속 오픈' 이능력을 가졌다.

아야메이케 아이카
나리히라와 다른 반이며 친구. 타인의 호감도를 20배 증폭시키는 통칭 '매혹화' 이능력을 가졌다.

타츠타가와 에리아스
나리히라의 소꿉친구로 학생회 부회장. 나리히라를 라이벌시. 물을 정화하는 통칭 '순수 조작' 이능력을 가졌다.

시오노미야 란란
나리히라의 반에 온 전학생. 물어보면 뭐든 대답해 주는 통칭 '메이드장'을 불러내는 이능력을 가졌다.

이신덴 사아야
나리히라와 같은 반. 어린 소녀나 어른스러운 누님으로 변할 수 있는 통칭 '사이즈 변환' 이능력을 가졌다.

다이후쿠 보쿠젠
고등학교 2학년생. 학생회 서기. 까마귀와 텔레파시로 의사소통할 수 있는 통칭 '까막스피크' 이능력을 가졌다.

아사쿠마 시즈쿠
고등학교 1학년생. 남성을 어려워함. 긴장하면 타인에게 모습이 보이지 않게 되는 통칭 '강제 카멜레온' 이능력을 가졌다.

묘조 마호
고등학교 3학년생. 전 학생회장. 다른 사람의 인식 수준을 조작할 수 있는 통칭 '최량 자기 재량 일인극' 이능력을 가졌다.

보조 쿄코
나리히라 반의 담임. 세계사 교사. 이능력자가 아닌 일반인. 절찬 결혼 활동 중.

eXtreme novel

1 노래방에서 뭘 부를지 눈치 보게 된단 말이지

복도를 걷고 있자니 가슴이 울렁거렸다. 쿵쿵쿵, 베이스음 같은 심장 소리가 들렸다.

라고 생각했지만, 그건 다른 방에서 복도로 새어 나오고 있는 베이스음이었다. 노래방은 원래 시끄러운 법이다.

"그나저나 씨끄럽네."

타카와시는 의도적으로 '시끄럽다'를 '씨끄럽다'라고 발음했을 것이다. 타카와시나 나나 똑같은 감상을 품고 있었다. 그만큼 우리 둘 다 노래방에 익숙하지 않다는 뜻이겠지.

"이 시끄러움이 좋은 거예요. 기분이 들뜨잖아요!"

아이카가 바로 긍정적인 의미로 치환하며, 내 앞에서 걷고 있는 타카와시의 팔에 찰싹 붙었다.

나는 내 정위치인 맨 끝에서 걷고 있기에 모두의 모습이 잘 보였다.

"그럼 아야메이케는 나중에 국도 옆에서 살면 되겠다."

왜 벌써 시비조인 거지? 뭐, 이것도 평소의 인관연다운가.

다만 지금 신경 쓰이는 것은 다른 2인조였다.

마침 선두에 있던 다이후쿠와 시오노미야가 방에 들어갔다.

다른 멤버는 이래저래 걷는 속도를 늦춰서 의도적으로 두 사람이 나란히 서게 했다.

다만 그 두 사람도 전혀 의식하지 않을 수는 없었는지 걷는 속도가 아주 느렸다. 그 결과, 복도에서 가벼운 정체가 발생했다.

"음, 저 어색한 모습이 또 좋단 말이지~ 청춘이 느껴져~"

어느새 내 바로 옆에 전 학생회장인 묘조 마호 선배가 있었다. 이능력으로 기척을 지우고 다가왔구나. 내 드레인 능력을 알면서 성큼성큼 다가온다.

"청춘이라니, 선배도 저희랑 한 학년밖에 차이 안 나잖아요."

"그치만 나는 이제 곧 대학생인걸~ 여고생이 보기에 대학생은 아줌마야~"

"그런 발언을 했다간 중년 여성에게 물어뜯길 것 같은데, 괜찮나요?"

앞서 걸어가던 에리아스가 발을 멈추고 몸을 이쪽으로 돌리더니 노려보았다.

날 노려보는 건지 묘조 선배를 노려보는 건지 판단하기 애매

했다. 둘 다 에리아스가 노려볼 것 같은 인간이었다. 어쩌면 아이스크림 가게의 더블처럼 나도 묘조 선배도 둘 다 노려보고 있을 가능성도 있었다. 원샷 더블킬인 거지. 죽고 싶진 않지만.

"전임 회장님, 본인을 아줌마라고 생각한다면 뒤풀이에 참가하지 말아 주셨으면 하네요. 애초에 학생회 OB를 부른 적은 없는데요."

"에이, 뭐 어때. OB로서 새 학생회장이 잘하는지 지켜봐야 안심하고 졸업하지."

새 학생회장이 된 에리아스에 대한 비아냥처럼 들리기도 하지만, 묘조 선배의 태도는 정말로 그저 장난치는 것처럼 보였다.

에리아스도 시비를 받아치는 사람이라고 하기에는 너무 멋지게 웃으며 말했다.

"선배 때보다 더 나은 세이고로 만들 테니 걱정하지 말고 졸업하세요."

비아냥으로밖에 안 들리는 말을 주고받고 있는데, 에리아스는 즐거워 보였다. 오히려 비아냥을 주고받을 수 있을 만큼 사이가 좋은 걸지도 모른다.

아니지… 그렇게 따지면 마구 비아냥거리는 타카와시와 내가 사이좋은 것이 되니까 케이스 바이 케이스다…. 나는 일방적으로 비아냥을 듣고 있을 뿐이니 의미가 다를지도 모르지만.

어쨌든 에리아스가 큰 산을 넘어 마음에 여유가 생긴 것은 사실일 것이다. 산을 넘고 정말 성장했는지는 향후 학생회장의 직무로 판명되겠지만.

만약 묘조 선배의 선거 방해로 에리아스가 정말 낙선했다면 이런 여유는 생기지 않았을 것이다. 이런저런 일이 있었어도 최후에 이기느냐 마느냐는 아주 중대한 의미를 가지는 것 같다.

그런 생각을 하다가 정신을 차리고 보니 어느새 복도의 인구 밀도가 내려가 있었다.

그리고 방에서 아사쿠마가 얼굴을 내밀었다.

"저기, 선배님들. 혹시 길을 잃으신 거예요? 이 방이에요."

우리는 그 방에 빨려 들어가듯이 허둥지둥 들어갔다.

내가 기묘한 연설을 했던 학생회 선거로부터 이틀 후.

"선거 뒤풀이를 해요!"

시뮬레이션실에서 점심을 먹는 중에 아이카가 말했다.

선거 때문에 분주했지만, 오랜만에 인관연 멤버끼리 함께 점심을 먹자고 아이카가 제안한 것이었다. 교실에는 메이드장과 아사쿠마도 있어서 인관연 관계자는 모두 모여 있었다.

우리는 의자 빼기 게임이나 혹은 무슨 교령술이라도 벌이는 것처럼 의자를 원형으로 놓고서 앉아 있었다. 내 양옆 간격만 다른 사람의 간격보다 넓지만 원형이었다.

"제법 좋은 생각이야. 다만 아쉬운 점이 있다면 그 매력이 귀찮음을 이기지 못한다는 거지."

타카와시가 도시락을 먹던 손을 멈추고 대답했다.

"일단 좋게 평가하고서 확실하게 부정하는 기술을 쓰지 마."

"하지만 시오노미야도 별로 내키지 않는 것 같은데?"

타카와시가 자신은 소수파가 아님을 피력하듯 그렇게 덧붙였다.

확실히 시오노미야는 기계처럼 묵묵히 음식을 씹고 있었다.

마음이 다른 곳에 가 있는 느낌이었다. 아마 맛도 거의 못 느끼고 있을 거다.

이유야 뻔했다. 학생회 선거의 뒤풀이라면, 지금 교실에 있는 인관연 멤버에다 다이후쿠도 부른다고 생각하는 게 자연스럽다. 그리고 에리아스도 부를지 모르지만, 이쪽은 어찌 되든 좋다.

수학여행 때 다이후쿠가 시오노미야에게 고백하고, 얼마 전에 시오노미야는 올해 안으로 답을 내겠다고 대답했다.

올해라고 하면 시간이 많이 남은 것처럼 느껴지지만, 지금은 12월이다. 올해는 한 달도 채 안 남았다.

그런 상황에서 다이후쿠와 만나면 당연히 마음이 편치 않을 것이다.

"노래방인가요…. 노래방 말이죠…."

저작을 끝낸 시오노미야가 정보량이 거의 없는 말을 중얼거렸다. 가고 싶다는 마음은 별로 안 느껴졌다.

그냥 인관연 멤버끼리만 노래방에 가자고 말하는 게 나을까? 내키지 않는 마음으로 노래방에 가는 게 얼마나 괴로운지 나는 잘 안다. 하지만 그렇게 생각했을 때, 시오노미야가 자리에서 일어났다.

"알겠어요! 하죠! 학생회 사람들도 부르고요!"

그 결의에 찬 눈을 보고 메이드장도 놀란 것 같았다. 표정은 달라지지 않았지만, 짧은 손이 위아래로 움직였기에 그렇게 판단했다.

타카와시가 일일이 거창하게 한숨을 쉬었으나, 반대로 말하자면 그건 할 수밖에 없다는 체념의 의사 표시였다.

이리하여 아이카가 뒤풀이를 제안한 다음 날, 우리는 학생회 선거 뒤풀이를 하게 되었다.

목요일이라서 평일 한복판이지만, 하루를 허비할 만한 일도 아니고, 금요일쯤엔 신 체제 학생회도 그런대로 바쁠 것이다. 이 정도가 딱 좋았다.

아사쿠마를 포함한 인관연 멤버 다섯 명과 신 학생회장인 에리아스, 신 부회장인 다이후쿠, 그리고 멋대로 따라온 전 학생회장 묘조 선배까지 여덟 명(메이드장을 넣는다면 아홉 명).

다이후쿠의 응원 연설인으로 이름을 올렸던 핫타는 농구부 연습이 있는 모양이라 결석했다.

역시나 인기 많을 것 같은 동아리 소속이었다. 겉모습에서부터 리얼충스러움이 흘러넘쳤다고.

대인원용 방은 당연히 크고 넓었지만, 내 자리는 정해져 있었다. 문과 가장 가까운 곳이다. 묘하게 색이 화려한 의자를 억지로 분리해서 문 쪽으로 더 붙였다.

드레인과 노래방, 여전히 상성이 나쁘다.

그렇다고 고등학생인데 뒤풀이로 피구를 하자고 할 수도 없으니 어쩔 수 없는 일이다. 피구붐 안 오려나. 나는 환영이야. 지금부터 슬슬 붐이 시작돼도 전성기를 맞았을 때는 고등학교를 졸업했을 것 같지만.

아, 이런. 또 부정적인 생각을 떠올렸다. 긍정적으로 생각하자.

이 뒤풀이는 1학기 때 있었던 비참한 노래방 체험의 리벤지다.

타카와시와 막 만났을 무렵(같은 학교 학생이니까 1학년 때도 만났다고 할 수 있지만, 상대를 인식하지 못했으니 노카운

트다), 미팅에 머릿수를 맞추는 식으로 참가했고, 고독 중의 고독을 맛보게 됐었다. 최근 1년간의 흑역사 중에서도 톱3에 확실히 들어간다.

그때와 비교하면 참가자가 전부 아는 사람이라는 시점에 판국은 내게 매우 유리하다!

혼자 의욕을 고취하고 있으니, 이미 방 안쪽(내가 문 앞에 있기에 다른 사람들은 전부 안쪽)에서는 어떤 노래를 예약할지에 관한 얘기로 들떠 있었다.

"그레 군은 〈석별의 정〉이면 되지?"

타카와시가 쓸데없는 말을 했다. 초장부터 폐장 분위기 내지마.

"작은 친절, 아주 쓸데없는 참견이야. 그 부분은 내가 주체성을 발휘하게 하라고."

"비틀즈의 초기 곡은 꽤 짧아서 좋아."

"내 얘기 좀 들어. 그리고 너, 내가 노래하는 시간을 얼마나 짧게 할 것인가만 생각하고 있지 않아?"

확실히 너무 긴 곡을 고르면 싫어할 것 같지만(친구와 노래방에 온 경험이 거의 없기에 어디까지나 예상), 짧을수록 좋은 것도 아니잖아.

내 말을 또 무시한 타카와시는 테이블에 있던 메뉴판을 들더니 한 곳을 가리켰다.

"난 이거."

부자연스러울 정도로 초록색인 메론소다였다. 내가 노래방 점원이냐고 따지고 싶었지만, 생각해 보니 내선 전화는 입구 옆에 있는 나와 가장 가까웠다….

"다들 주문위원장인 그레 군에게 원하는 음료와 먹거리를 말해."

"내가 승인하기 전에 확정하지 마! 그리고 이상한 직책을 주지 마!"

"아, 그레 군, 나 메론소다 말고 오렌지주스로 바꾸는 척하면서 자몽주스를 시키려고 했지만, 우롱차로 마음이 바뀌었어."

"그 이상 장난치면 너보고 주문하라고 할 거야."

정색하고서 장난치지 마. 어떻게 대응해야 할지 모르겠다고.

나는 모두의 주문을 확인하고 내선 전화로 주문했다. 메모하지 않고서 그럭저럭 많은 인원의 음료를 틀리지 않고 말하는 건 의외로 힘들었다.

그러는 사이에 벌써 전주가 흐르기 시작했다.

첫 번째 곡은 내 오른쪽(이라고 해도 두 사람이 더 앉을 수 있을 만큼 떨어져 있음)에 앉아 있는 아사쿠마의 노래였다. 처음 듣는 곡이지만, 남성 아이돌의 노래라는 것은 그룹명으로 알 수 있었다.

"러브 메리고라운드! 너와 내가 발맞춰 함께~♪"

이런 건 첫 타자가 허들이 높아진다고 생각하는데, 아사쿠마는 건투했다. 남성 보컬 곡을 여자 목소리로 듣는 것도 좋았다.

이어서 아이카. 이쪽은 유명한 노래였다.

둘 다 안정적으로 잘 불렀다. 그리고 예뻤다. 여자가 노래하면 그것만으로도 화사해지는 면이 있었다.

어느새 내 옆(집요한 것 같지만, 거리는 있어도 옆은 옆)에서부터 시계 반대 방향으로 노래하는 흐름이 된 것 같았다. 이런 건 암묵적으로 다들 헤아린다. 이런 데서 진행을 맡아서 나댄다고 여겨지고 싶지도 않고.

내가 딱 마지막 차례지만, 정말로 노래하고 싶으면 혼자 노래방에 오면 되니까 딱히 곤란하진 않았다.

세 번째 순서는 에리아스였다.

그러고 보니 에리아스는 어떤 노래를 부를까?

알고 지낸 세월은 길지만, 취미 같은 건 잘 모른다. 그렇게 생각하며 봤더니 인기 있는 여성 싱어송라이터의 곡이었다. 참고로 곡명은 〈여자로 살고 있습니다〉. 뭔 노래야.

"습기 때문에 머리가 부스스해 오늘도 기분은 가라앉아, 역 앞 붕어빵 눅눅해서 더더욱 기분이 가라앉아~♪ 편의점 점원의 목소리만 밝아서 그건 그것대로 기분이 나빠~"

확실히 여자여자한 노래였다.

노래라기보다는 반쯤 내레이션 같은 느낌이었다. 가공의 인간의 기분을 끝없이 대변해 나갔다. 여자가 아닌 나는 모르겠지만, 에리아스를 포함한 일부 여자의 공감은 얻었을 것이다.

본인은 열창하고 있으나, 방의 분위기는 묘해졌다. 적어도 에리아스처럼 신난 녀석은 없었다.

내 위치가 조금 떨어져 있어서 그런지 모두의 모습이 잘 보였다.

타카와시가 뭔가 하는 것 같더라니, 스마트폰으로 슬쩍 동영상을 찍고 있었다.

확실히 에리아스는 집중하고 있어서 안 들킬 것 같지만, 정말이지 악랄한 짓이었다…. 학생회장을 협박할 거리를 타카와시가 손에 넣을 것 같아서 좋지 않았다.

가사가 신경 쓰여서 가끔 몸을 틀어 억지로 영상을 보았다. 정위치에 앉아 있으면 시야에 화면이 안 들어와서 가사조차 안 보였다. 인솔 교사 같은 위치에 있었다.

그대로 에리아스는 처음부터 끝까지 즐겁게 노래했다. 뺨이 다소 상기되어 있었다.

노래가 끝났을 때 표시되는 소비 칼로리 수치가 높았으니 꽤 힘들었을 것이다. 거의 내내 쉬지 않고 빨리 말한 것과 같으니까….

"후우… 이 곡은 템포가 너무 빠르단 말이지…. 자, 다음은 다이후쿠."

에리아스가 다이후쿠에게 마이크를 휙 넘겼다.

뒤집힌 U자 모양으로 배치된 자리의 가장 안쪽에 다이후쿠와 시오노미야가 앉아 있었다.

그리고 그 두 사람 사이에 메이드장이 비집고 들어가 서 있었다. 다이후쿠와 과하게 접근하지 않도록 방파제가 된 것이리라.

두 사람 사이를 갈라놓는 건 문제가 되겠지만, 지금은 이 거리감이 딱 좋다는 생각도 들었다. 갑자기 다이후쿠 바로 옆에 앉으라고 하면 시오노미야도 불편할 것이다.

이럴 때 다이후쿠는 무슨 노래를 부르려나 싶었는데, 외국 노래를 불렀다.

심지어 노래를 꽤 잘했다. 아마 멋있게 보이는 곡이 뭔지 알고서, 그걸 시오노미야에게 보여 주려는 의도가 있을 것이다. 순수하게 좋아하는 노래를 부르라고 하면 이 녀석은 아이돌 곡을 택하지 않을까.

좀 더 말하자면, 이런 상황에서 가사가 연애 얘기인 일본 노래를 부르면 시오노미야를 노골적으로 의식하는 것 같은 분위기가 될 우려가 있었다. 사랑 노래의 비율은 높으니까. 그런고로 괜한 정보가 들어가기 어려운 외국 노래를 골랐을 거라고도 생각할 수 있었다.

…내가 생각하기에도 노래방에서 부르는 노래로 너무 분석

하는 것 같지만, 좀처럼 내 차례가 오지 않으니 어쩔 수 없었다. 심심함은 사람을 평론가 비슷한 것으로 만든다.

나는 다이후쿠보다도 시오노미야의 반응을 보게 되었다.

나뿐만 아니라 다른 멤버도 시오노미야를 힐끔힐끔 보는 것 같았다.

이건 어쩔 수 없었다. 두 사람의 관계를 무시할 수도 없다.

시오노미야는 결혼식장에 끌려와서 굳어 버린 어린아이처럼 아주 예의 바르게 자리에 앉아 있었다. 시오노미야는 원래부터 예의 바른 캐릭터지만, 그걸 감안해도 어색하다는 생각이 들었다.

그 시선은 당연히 서서 노래 중인 다이후쿠에게 가 있었는데, 특별히 의식하고 있는지, 아니면 반대로 전혀 의식을 안 하고 있는지, 그런 쪽은 잘 알 수 없었다.

다이후쿠의 노래가 끝났다. 다이후쿠는 한숨 돌리더니 시오노미야에게 좀 어색하게 마이크를 넘겼다.

"여, 여기…."

"아, 네…."

살짝 굳어 있다는 것은 그것만 봐도 알 수 있었다.

시오노미야가 무슨 노래를 부를지 상상도 안 갔는데… 전주를 들으니 엔카라는 걸 바로 알 수 있었다!

혹시 이것도 노래로 연애에 관해 대답하는 것처럼 안 보이게 하려는 책략인가? 아니, 과한 생각이겠지….

시오노미야는 구수하게 음을 꺾으며 노래했다. 웃기려 한다고 보기엔 진지했고, 애초에 어떤 경위로 이 노래를 알게 됐는지 의문이었다.

"나~의~ 소매에 다시 내~리는~ 노토의~ 노토의~ 눈~"

잘 모르겠지만, 이시카와 현의 노토 지방을 소재로 한 노래인 것은 분명했다. 엔카는 왜 무조건 지명이 들어가는 걸까?

시오노미야는 어색한 분위기를 날려 버리려는 듯 온 힘을 다해 노래했다.

아주 열심히 열창해서 다들 저도 모르게 박수를 쳤다. 어째선지 메이드장이 우리에게 손을 흔들어 대답했지만, 네가 노래한 거 아니잖아. 주인이 칭찬받아서 기뻤나…?

이어서 타카와시.

예상은 했으나, 엄청나게 어두운 노래였다.

밝은 노래는 가사에 '존재 가치'라는 단어가 들어가지 않을 거다.

부르는 태도도 되게 지루해 보였다. 본인이 지루한 건지, 원곡도 원래 그렇게 부르는 건지 판단할 수 없었다.

다만 그런 노래에 아이카가,

"에링, 에링!"

하고 추임새를 넣고 있었다…. 그건 아이돌 팬의 반응이다.

"하지 마. 그런 노래 아니니까."

타카와시가 마이크를 잡은 채 불평했다.

"하지만 노래방이니까 분위기를 띄워야죠!"

"이 밴드의 보컬은 라이브 MC를 볼 때도 '다들 신나? 참고로 나는 기분 최악이야'라고 한다고."

타카와시만을 위해 만들어진 것 같은 그 밴드는 뭐야….

다만 그 대화를 듣고 시오노미야와 다이후쿠도 웃었다. 어두운 곡인데도 확실하게 분위기가 살아난 것은 아이카의 공적이었다.

이어서 묘조 선배의 차례였는데, 에리아스가 떨떠름한 표정을 짓더니 거기서 그치지 않고 떨떠름하게 말했다.

"그 사람은 선거 뒤풀이와 직접적인 관계가 없으니까 노래 안 시켜도 돼."

"에리아스, 또 그런 소리 한다~ 학생회장인데 마음이 좁아~"

거기서 끝이 아니었다. 묘조 선배도 전 학생회장인 만큼 비아냥을 확실하게 받아치며 역습을 꾀했다.

"그런 태도로 나 때보다 세이고를 더 좋게 만들 수 있을까~?"

바로 대꾸할 수 없었는지 에리아스는 분하다는 얼굴을 했다. 타카와시가 "드리코가 졌네." 하고 멋대로 승패를 정했다.

확실히 에리아스의 주장은 옹졸하다고도 할 수 있었다.

그런 대화를 나누는 사이에 묘조 선배가 부를 노래의 전주가 시작됐다.

나도 아는 메이저한 노래였는데….

선배의 성량은 엄청났다!

이대로 영상을 올려도 전혀 창피하지 않을 만한 수준의 노랫소리가 방을 감쌌다. 아이카도 추임새를 넣지 않고 열심히 들었다.

노래방은 선배가 출연한 라이브 하우스가 되었다. 친구들끼리 온 노래방에서 기술을 겨뤄 봤자 소용없지만, 압도적으로 묘조 선배가 제일 잘 불렀다.

"자, 다들 청취해 줘서 고마워요~"

노래가 끝난 후, 묘조 선배는 연기하듯이 꾸벅 인사했다. 연설한 것도 아닌데 청취라고 표현하는 건 이상하잖아.

에리아스가 어이없어하며 말했다.

"이래서 이 사람은 안 된다는 거야. 자기가 주역인 것도 아닌데 그 자리를 장악해 버린다고…."

어이없다는 모습이긴 하지만, 묘조 선배를 칭찬하고 있다는 것은 바로 알 수 있었다. 결국 에리아스도 선배를 인정하고 있는 것이다.

"젊은이한테는 아직 안 지지."

글쎄 한 학년밖에 차이 안 난대도 그러네, 하고 태클을 걸었다. 마음속으로.

내 노래의 전주가 시작됐기 때문이다.

누구나 알고 그런대로 잘 부를 수 있는 곡이었다.

나는 누군가와 언제 노래방에 가도 괜찮도록 유행하는 노래는 어떤 장르든 얼추 파악해 둔다!

지금이야말로 그 노력이 꽃피울 때다!

결과부터 말하자면 특별히 분위기가 좋아지지도 않고 끝났다.

아이카는 응원해 줬지만, 묘조 선배가 공간을 장악했다면 나는 공간에 아무런 흠집도 남기지 못한 채 한 바퀴의 끝을 장식하게 되었다.

"다들 미안. 이게 그레 군의 실력이야. 뭐랄까, 미안."

타카와시가 확실하게 사죄하는 얼굴은 아닌 새침한 표정으로 말했다.

"하지 마! 사과하지 않아도 돼! 애초에 네가 사과하는 건 이상하잖아!"

"차라리 웃기려고 이상한 노래라도 부르는 게 낫지 않았을까? 그랬는데 썰렁해지면 치명상이겠지만, 좀비라고 생각하면 몇 번이고 도전할 수 있어."

"그냥 말을 하지 마!"

마침 한 바퀴를 돌기도 해서 노래는 일단 잠시 쉬기로 하고,

학생회 선거를 중심으로 한 화제로 넘어갔다.

내 노래에 아쉬운 마음은 있지만, 그래도 들어 준 것만으로도 감지덕지이긴 했다.

지난번 노래방 미팅 때는 완전히 무시당했으니까…. 그때와 비교하면 지극히 평범하게 노래방을 즐기고 있으니 합격점을 줘도 될 거다.

괴롭힘이라는 생각밖에 안 드는 타카와시의 사과도 없는 것보다는 나았다. 노래방 미팅 때 나는 완전히 허무였다. 스텔스 상태였다.

아니, 노래방 일을 질질 끄는 건 그만하자…. 나도 선거 얘기로 넘어가자.

에리아스는 하고 싶은 말이 많은지 묘조 선배에게 투덜투덜 불평하고 있었다. 이 녀석, 나중에 술자리에서도 비슷하게 푸념하며 귀찮게 굴 것 같다….

"정말로 전임 회장님은 멀쩡한 짓을 안 한다니까요. 물로 비유하자면, 일견 깨끗해 보이지만 세균이 득실거리는 물 같아요."

에리아스의 비유는 이해하기 어려웠다.

그렇게 생각하고 있으니 타카와시가 "드리코, 이해하기 어렵고 웃기지도 않아." 하고 즉각 지적했다. 타카와시는 공격할 수 있는 타이밍을 놓치지 않는다. 남녀평등하게 누구든 공격한다.

"그러니까~ 몇 번이나 말했지만, 에리아스는 좀 더 고전해야 한다고~ 인생이 너무 순조로우면 나중에 곤란해져. 그걸 보여 주려고 그런 거야."

"전임 회장님의 발언은 90%가 대충 말하는 거라서 신용할 수 없어요."

"그거야 뭐, 그렇지."

"그걸 인정하는 건 이상해요!"

노래방이라서 그런지 에리아스의 목소리는 잘 울렸다.

지금까지 겪은 일을 통해 묘조 선배가 대충대충 지낸다는 건 나도 잘 알고 있었다.

잠깐, 혹시 이능력 특훈도 무의미한 건 아니겠지…? 느슨할 부분은 느슨해도 꽉 조일 부분은 단단히 조이는 거겠지? 불안해졌다.

"어차피 고등학교 학생회에서 대단한 일은 못 하잖아. 하치오지에 모노레일이 지나가게 한다든가, 고속철도 역을 만들 수는 없어."

그건 하치오지의 시장도 간단히 실현할 수 없는 일이다.

다만 에리아스가 학생회장이 됐어도 그렇게 대단한 일을 할 수 없다는 건 맞는 말이었다. 에리아스가 부족한 탓이 아니라, 그게 고등학생의 한계였다.

하지만 묘조 선배의 말을 듣고 에리아스의 표정이 대담하게 바뀌었다.

그건 '나에게 책략이 있다!'라는 얼굴이었다. 이런 얼굴로 '맞아요, 대단한 일은 못 하죠!'라고 말한다면 그건 그것대로 대단하다.

"전임 회장님, 제 실력을 얕보지 마세요. 올해가 가기 전에 바로 새로운 일에 착수할 생각이거든요."

에리아스가 가방에 손을 넣었다. 뭔가 꺼내려는 것 같았다.

"이거예요, 이거! 다들 주목!"

에리아스가 꺼낸 것은….

작은 글자로 빽빽이 채워져 있는 딱딱한 분위기의 서류였다.

"주목은 얼어 죽을. 멀리서 본다고 알 수 있는 자료가 아니잖아. 드리코, 제대로 하자. 리콜한다?"

학생회장을 리콜하는 게 교칙상 가능한가…?

"어, 어쩔 수 없잖아…. 대충 훑어보면 알 테니까 읽어 봐…."

에리아스가 말로도 적당히 설명을 보탰는데, 그건 어떤 이벤트의 요강이었다.

"할로윈 때처럼 역 앞 상회랑 하치오지의 대학이 주최 측이 되어 상점가에서 크리스마스 이벤트를 열 거야. 거기에 올해는 세이고도 참가하는 거야. 이능력자를 알리기에도 딱 좋잖아?"

할로윈 이벤트는 기억에 선명히 남아 있었다.

펌프군이라는 거대 호박이 됐었으니까…. 이능력으로 진짜 호박을 거대하게 키우고 그 안에 들어갔었기에 풋내가 났었다.

덕분에 시각뿐만 아니라 후각적인 기억도 선명했다. 인형탈 렌탈 비용이 비싸다는 건 알지만, 어떻게 좀 해 줬으면 좋겠다고 생각했었지.

"어차피 분위기 띄울 때만 쓸 수 있는 이능력을 가진 학생도 많으니까. 추억도 만들 수 있을 거야. 처음부터 이벤트를 주최하려면 힘들지만, 이건 이벤트에 참가하는 형태니까 편하기도 하고."

에리아스의 말에는 설득력이 있었다. 예전부터 실질적으로 학생회의 권력을 쥐고 있던 게 어디 가지는 않았다.

염원하던 학생회장이 되었으니 의욕이 넘치는 것도 이해가 갔다.

마음대로 하게 두면 된다. 크리스마스에 약속이 없는 사람이야 찾아보면 많이….

아, 문제가 있다.

"좋은 생각이지? 학생회 임원이 움직이면 일손도 별로 필요 없고."

"에리아스, 잠깐 와 봐."

나는 마네키네코처럼 에리아스를 향해 오른손을 까딱이고 먼저 방을 나갔다.

이 타이밍에 정말로 에리아스가 따라올까 의심스럽지만, 내가 실제로 방을 나갔으니 올 것이다. 만약 내가 없는 상태로 다시 노래를 부르기 시작한다면 삐뚤어질 테다. 성이 하구레니까 삐뚤어지겠다는 개그가 아니라 진짜 삐뚤어질 거다. 하지만 삐뚤어질 거라고 자각하고서 삐뚤어지는 건 너무 창피하니까 무리려나….

복도에서 기다리고 있으니 바로 에리아스가 불퉁한 얼굴로 나타났다.

"뭐야, 나리히라. 하고 싶은 말이 있으면 안에서 하면 되잖아."

그 발언을 듣고 '이 녀석, 전혀 모르는구나.' 하고 생각했다.

"다른 애들 앞에서 이런 말을 어떻게 해? 그래서 널 부른 거야."

에리아스가 눈을 깜빡거렸다. 어딘가 고양이 같다는 인상을 받았다.

"혹시… 나리히라, 그런 거야…?"

"지금까지 나눈 대화에서 관련된 말은 안 나왔을 테지만, 네가 아는 일이기는 해."

에리아스는 굉장히 머뭇거리는 태도를 보였다.

평소의 당돌함이 사라지니 에리아스가 작나는 걸 실감했다. 만약 에리아스의 키가 컸다면 성격도 달랐을지도 모른다.

"그, 그럼… 나리히라부터 말해…."

어째서? 무사처럼 말하자면 어찌하여?

내가 불러냈으니 나부터 말해야 하는 걸지도 모르지만, 목적을 알고 있다면 굳이 나부터 말할 필요도 없다.

뭐, 이런 건 확실히 말하지 않으면 전해지지 않기도 하니까.

"알았어. 그래서 네가 납득한다면 그럴게."

"으, 응…. 좀 더 분위기 있는 곳이 좋았겠지만, 딱히 어디든 상관없어."

에리아스의 얼굴이 왜 빨간지 모르겠다. 방 안이 다소 덥긴 했지만.

살짝 고개를 숙이고 있던 에리아스가 얼굴을 들어 나를 응시했다.

"나리히라, 그럼, 말해."

좋아, 확실히 말하자.

"갑자기 학생회가 중심이 되어 크리스마스 이벤트라니, 그건 안 되지! 다이후쿠는 부회장이야! 다이후쿠가 시오노미야와 크리스마스 데이트를 할 기회가 사라져!"

약속이 없는 사람이야 크리스마스든 발렌타인데이든 상관없지만, 다이후쿠는 고백이 받아들여질지 말지가 걸린 중요한 시기다. 그런 시기에 크리스마스를 둘이서 함께 보낼 가능성 자체를 뺏는 것은 큰 문제다.

"…어? 하고 싶은 말이라는 게 그게 다야?"

에리아스가 확인하듯 내게 말했다.

"그게 다야. 다이후쿠와 시오노미야에 관한 것뿐이야. 너에

대한 다른 불만이 있긴 하지만, 이 자리를 빌려서 겸사겸사 말하는 옹졸한 짓은 안 해."

에리아스는 내 말을 겨우 이해했는지 살짝 고개를 숙였다.

"…그러고 보니, 그랬지."

에리아스는 정말로 이걸 어쩌나 하는 얼굴이었다.

이 모습을 보아하니 내가 무슨 말을 하려는지 몰랐던 모양이다.

"그렇지? 적어도 다이후쿠는 참가 안 해도 된다고 일찌감치 말해 놔. 안 그러면 다이후쿠는 네가 자기를 괴롭힌다고 생각할걸?"

"응, 그렇지. 근데 그건 그렇다 치고…."

에리아스는 예쁘게 생긋 웃은 후, 짜증을 얼굴 전체로 표현했다.

"헷갈리게 굴지 마! 바보야!"

이 녀석이 페트병을 가지고 있었다면 분명 뚜껑을 날렸을 만한 험악한 기세였다.

"나한테 화내는 건 불합리하잖아…. 그보다 내가 뭘 헷갈리게 굴었다는 거야!"

"나, 나리히라한테는 일일이 안 가르쳐 줘!"

에리아스는 내 불만은 무시하고서 씩씩거리며 방으로 돌아갔다.

크리스마스 이벤트에 관해, 참가 계획을 중지하든, 희망자만 모아서 소규모로 하든, 뭔가 말할 생각이리라.

그건 좋은데, 헷갈리게 굴지 말라는 말은 그대로 에리아스에게 돌려주고 싶다. 내가 에리아스한테 불려 나가서 얼마나 많이 착각할 뻔했는데…. 중학생 때, 수업 끝나고 교실로 불러내서 적이라고 선언했던 거, 평생 안 잊을 거라고….

나도 복도에 우두커니 서 있는 취미는 없기에 방으로 돌아갔다.

그렇게 내가 방에 들어갔을 때였다.

"드리드리의 크리스마스 이벤트 좋네요! 인관연도 적극적으로 돕고 싶어요!"

아이카가 천진난만하게 손을 들고서 인관연을 이벤트에 끼우려고 했다!

"학생회 선거에는 인관연도 모두 참여했고, 이제 드리드리의 계획은 인관연의 계획이나 마찬가지예요. 아예 드리드리도 인관연 같은 거죠!"

"아니, 난 별로 소속되고 싶지 않은데…."

"맞아, 우리한테도 선택할 권리가 있어."

에리아스와 타카와시의 의견이 어떤 의미에서 일치했다.

그래도 아이카의 기세는 표수로 따지자면 5표 정도의 힘이 있었기에, 이벤트 얘기는 없던 거로 하자는 말은 꺼내기 어려웠다.

"으, 음…. 인관연 사람들도 참가해 준다면… 고맙지…."

에리아스도 이 흐름에서 아이카의 말을 거절하진 못했다.

나는 다이후쿠의 얼굴을 힐끔 보았다.

평소처럼 무해한 표정이라 무슨 생각을 하는지 모르겠지만, 제 의지와 상관없이 휘말려서 귀찮다고 여기고 있을지도 모른다.

시오노미야 쪽도 보았다.

뭔가, 메이드장의 머리를 쓰다듬고 있었다. 의도는 전혀 알 수 없었다.

"그럼 얘기도 정리된 것 같으니 뒤풀이 중반전을 시작하죠!"

아이카가 마이크를 잡고 외쳤다. 아직 얘기가 정리되진 않았을 텐데, 아이카의 말로 인해 정리된 듯한 분위기가 되어 버렸다.

"아야메이케, 소리가 엄청 울려서 귀 아파."

어느 때나 냉정하달까, 냉혹한 타카와시가 확실하게 지적했으나, 우리 인관연이 참가한다는 이야기는 뒤집히지 않았다.

또 일이 귀찮아질 것 같다….

하지만 노래방에서 해산한 후, 아이카가 바로 LINE 메시지를 보냈다.

역 북쪽 출구의 쇼핑몰에 모여 달라는 내용과, 노래방에서는 하지 못한 얘기를 추가로 설명하고 싶다는 취지가 적혀 있었다.

이걸 패스한다는 선택지는 내게 없었기에 집합 장소로 향했다.

엘리베이터가 몇 대 놓여 있는 곳의 뒤편. 우리를 불러낸 아이카뿐만 아니라, 타카와시와 에리아스도 이미 와 있었다. 변함없이 나만 거리가 좀 벌어져서 고문 선생님 같은 분위기가 됐다.

아이카는 이미 한 번 설명한 것 같았지만, 내가 왔기에 재차 자신의 작전 의도를 말했다.

"란란과 다이후쿠 군을 생각하면, 학생회가 주도하는 이 이벤트는 좋지 않을 것 같다고 다들 걱정했죠?"

아아, 역시 아이카는 눈치채고 있었나.

하긴, 내가 눈치챘는데 아이카가 눈치 못 채지는 않겠지.

하지만 그렇다면 이벤트 참가 자체를 취소하는 쪽으로 몰고 갔어야 하는 거 아닌가…?

"그래서 인관연도 끼자고 생각했어요. 그러면 두 사람의 사유 시간을 확실하게 만들 수 있잖아요. 이렇게라도 하지 않으면 란란은 다이후쿠 군이 학생회 일 때문에 바쁘다고 생각해서 말도 걸지 않을 거예요."

아아, 이게 바로 나와 아이카의 차이구나.

내 타개책은 소극적이었고, 아이카의 타개책은 적극적이었다.
과연. 인관연을 끌어들인 것에는 이런 의미가 있었던 건가.
이걸 그 짧은 순간에 생각하고 결단한 것이다. 괄목할 만한 결단력이었다.
"정말이지, 넌 약삭빠르게 약삭빠르네."
타카와시는 허공에서 턱을 괴듯 오른손을 뺨에 댔다.
"야, 그건 그냥 디스야."
"디스해도 되잖아. 이쪽은 할 일이 늘어날지도 모른다고."
타카와시의 마음을 모르는 바는 아니었다. 예전의 나라면 그저 귀찮다고 생각했겠지만, 지금은 할 수 있는 일이라면 하자는 마음도 들었다.
"에링, 쑥스러워하지 말고 아이카라고 불러도 돼요."
아이카도 장난스럽게 웃으며 타카와시에게 공격을 가했다. 타카와시의 약점을 잘 알고 있었다.
"…인관연이 참가한다는 건 알겠어. 귀찮지만, 무시하기도 어려우니까."
타카와시는 1밀리미터도 웃지 않았으나, 그래도 참가는 승낙했다. '아이카'라고 이름으로 부르라는 것은 깔끔하게 무시했다.
"나리히라 군은 어떻게 생각해요?"
순서를 생각하면 아이카가 다음에 나한테 물어볼 거라는 건 알고 있었다.

타카와시였다면 무시하고 넘어간 이야기를 마구 추궁했겠지만, 아이카는 그렇게 하이에나처럼 끈질기게 굴지 않는다. 타카와시가 그냥 넘어가고 싶어 하는 이야기는 확실하게 넘어가 준다. 타카와시는 아이카의 상냥함을 배워야 한다.

그나저나….

아이카가 타카와시 다음으로 물어봐 줘서, 내가 경시되지 않고 제대로 머릿수에 들어가 있다는 것에 안심이 되면서도, 나와 아이카의 거리감은 줄곧 똑같다는 생각도 들었다.

둘 다 내 안에 있는 감정이라는 걸 새삼 깨달았다.

그리고 이벤트를 통해 아이카와 크리스마스를 함께 보낼 수 있어 기쁘면서도, 아이카와 단둘이서는 보낼 수 없다는 것이 확정되어 상실감이 들었다.

이것 또한 쌍을 이루어 내 의식 속에 있었다.

내 감정이지만 인간의 마음은 참 어렵다.

자기 마음조차 성가시다고 느끼는데, 하물며 타인의 마음을 알 수 있을 리가 없다.

아니, 지금은 쓸데없는 생각은 하지 말자. 이 점에 대한 선택지는 없다. 다이후쿠도 시오노미야도 내버려 둘 수 없다. 설령 내가 이탈하더라도 아이카는 이벤트에 참가할 거다.

"물론 나도 하겠어. 가족끼리 쓸쓸한 크리스마스를 안 보내도 될 테고.”

“네, 함께 크리스마스도 즐겨요, 나리히라 군!”

만약 이곳에 아이카만 있었다면 최고의 말이었을 텐데, 실제로는 타카와시가 “발상이 항상 부정적이구나. 그런 인간은 실패할 확률이 올라간대.”라며 쓸데없는 말을 했다. 현실은 비정하다. 사고가 부정적이라는 점은 너도 크게 다르지 않잖아. 너도 아이카를 본받으라고.

“그렇게 됐는데, 드리드리는 괜찮아요?”

“아야메이케, 나를 드리드리라고 부르는 게 정착됐구나….”

에리아스는 어찌 되든 좋은 점이 신경 쓰인 듯했다.

“단순히 일손이 늘어난다면 나야 찬성이지. 다이후쿠의 연애를 망쳤다는 죄책감을 안 느껴도 된다면 마음도 편하고.”

뭐, 에리아스는 손해 볼 게 없으니까. 이벤트는 그대로 학생회의 성과로 이어진다.

이리하여 신생 학생회와 인관연이 크리스마스에 한바탕 일하게 되었다.

활동 내용이 정해지지 않은 동아리에 들어가면 편할 것 같지만, 의도치 않게 해결사처럼 이것저것 참가해야 하니, 어느 쪽이 좋은지 판단하기 어렵다.

또한 귀가 후, 묘조 선배가 [에리아스랑 복도에서 얘기한 거,

재밌었어.]라고 LINE 메시지를 보냈다.

인기척을 차단하고 엿들은 모양이다….

경계는 하고 싶지만, 내게는 막을 수단이 없으니 어떻게 할 수도 없다.

물리적으로 고립된 나의 고교생활

2 다른 학년의 교실에 들어갈 때, 긴장하게 된단 말이지

인관연이 이벤트에 참가하게 되면서, 이튿날인 금요일 방과 후에 곧장 학교에서 크리스마스 이벤트를 준비하는 회의가 열렸다.

장소는 시뮬레이션실.

새로운 서기와 회계까지 포함한 학생회 임원도 모두 시뮬레이션실에 모여 있었다. 진짜로 인관연이 학생회의 하부 조직이 된 듯한 분위기였다.

"왜 여기서 회의하는 거야? 학생회가 주도하는 이벤트니까 학생회실에서 해야지."

이럴 때, 타카와시는 일단 생각하는 걸 전부 말한다. 친구를 사귀는 등 다소 사교성이 생긴 것처럼 보이지만, 이런 부분은 전혀 달라지지 않았다. 장래에 일류 불만 고객이 될 것 같다.

"이쪽이 더 넓기도 하고, 학생회실에는 일반 학생에게 보여 줄 수 없는 자료도 있으니까.”

“부정한 돈의 흐름도 알게 된다는 거구나.”

“아니야.”

타카와시의 시답잖은 소리에 일일이 반응해야 하니 에리아스도 힘들겠다.

“아무튼 공연 콘셉트 말인데, 이능력과 크리스마스를 엮어야겠지.”

“타카와시, 일단 학생회가 주도하는 거니까 내가 의장 역할을 하면 안 될까…?”

에리아스의 적은 나뿐만이 아니었다. 묘조 선배도 그렇고, 타카와시도 그렇고, 도처에 있는 듯했다. 그나마 묘조 선배는 여기에 없었다. 이미 학생회에서 빠져서 평범한 3학년생이니까. 그 사람이라면 또 어딘가에서 듣고 있을 가능성은 있지만, 확인할 수 없으니 고려해 봤자 소용없다.

“그래그래, 그럼 형식상의 의장, 잘해 봐.”

“왜 나는 응원 연설인이었던 사람한테 헐뜯기고 있는 거지….”

이쯤 되니 에리아스가 비참해 보인다. 하지만 평소의 나도 주위 사람들에게 이렇게 보일 거라고 생각하면 참을 수 없을 것 같으니까 그냥 생각하지 말자…. 나도 에리아스 이상으로 타카와시한테 헐뜯기고 있으니까….

이후로는 형식적으로도 실질적으로도 에리아스가 의장 역할을 맡게 되었다.

“뭐, 타카와시의 말이 맞긴 해. 우리 학교 학생이라면 살짝 눈을 내리거나, 산타 코스프레를 하고 공중에 뜨거나, 과자를 만들어서 나눠 줄 수 있잖아. 효율적으로 이벤트를 소화할 수 있을 것 같은데, 어떻게 생각해?”

새로 학생회에 들어온 1학년생들도 에리아스의 의견을 좋게 평가했다.

적어도 후배들에게는 존경받을 것 같다. 타카와시는 에리아스가 학생회장으로 승격해도 자신의 주특기인 시답잖은 소리를 계속하니 말이지….

다이후쿠가 느릿하게 손을 들었다.

의욕적인 표정으로 보이지는 않지만, 다이후쿠도 훌륭한 부회장이었다.

“나도 까마귀를 모아서 뭔가 시킬게. 눈에 띌 거야.”

어쩌다 보니 부회장이 된 걸지도 모르지만, 이 모습을 보니 제대로 일하고 있는 것 같았다.

늘 생각하는데, 다이후쿠가 친구라서 자랑스럽다. 다이후쿠는 딱히 독보적으로 뭔가를 잘하는 건 아니다. 하지만 자기가 할 수 있는 일을 꾸준히 쌓아 올리고 있었다.

나도 그 정신으로 해 나간다면 언젠가 높은 경지에 오를 수 있을 터다. 말하자면 다이후쿠는 나의 희망이자 목표였다.

하지만 다이후쿠가 이벤트에서 활약하게 되면 데이트할 시간이 없을 것 같은데… 그건 에리아스와 기타 등등이 일정이든 뭐든 신경 써 줄 거라고 믿고 싶다.

어차피 이벤트는 낮에 할 테니까, 저녁 이후로는 확실하게 시간이 빌 거다. 데이트할 거면 그 시간대가 더 로맨틱하겠지.

시오노미야가 통금 시간이 빨라서 집에 가야 한다고 하면 얘기가 달라지지만… 아마 그렇지는 않을 거다. 인관연 멤버끼리 놀러 나갔을 때도 딱히 그런 얘기는 안 나왔었고.

그 후 화제는 이러한 이능력자를 부르면 좋을 것 같다는 얘기가 되었다.

아이카도 아사쿠마도 아는 이능력자와 친구를 예로 들었다. 반에 한두 명은 이벤트에 적합한 이능력자가 있는 법이었다.

이능력자는 몇 가지 경향이 있다.

편리하지만 보기에 화려한 맛은 없는 이능력. 에리아스의 '순수 조작'도 이쪽이다. 살면서 이능력으로 가장 득을 보는 건 이쪽 녀석들이다.

반면 보기엔 화려하지만 쓸모가 매우 한정적인 이능력도 있다. 아주 잠깐 눈을 내리게 할 수 있는 이능력자 등은 이쪽에 속한다. 이런 녀석은 이벤트에 적합했다.

내 이능력은… 만약 배틀 만화였다면 도움이 될지도 모르는 이능력이지.

"그레 군, 얘기를 듣고만 있어서 존재감이 희박하니까 뭔가 의견을 내. 3초 내로."

청자 역할만 하고 있었더니 타카와시가 불만을 표했다…. 3초면 반론할 여유가 없다.

"그레 군, 친구가 적어서 추천할 상대가 없을지도 모르지만, 친구가 아니어도 좋으니까…."

"네 말을 듣는 사이에 3초가 지나가잖아! 어어… 노지마 군한테 과자를 만들어 달라고 하는 건 어때?"

아직 노지마 군의 이름이 안 나와서 다행이었다. 확실히 별로 안 친한 녀석을 추천하기는 어렵다.

"아아, 나쁘지 않네. 나리히라의 의견이 아니었다면 채용했을 거야."

"내 의견이어도 채용해."

에리아스, 나를 상대할 때만 타카와시와 함께 싸우지 마.

내 의견도 무사히 채용되면서 의논은 여차여차 좋은 방향으로 나아갔다.

화려한 일을 할 수 있는 이능력자를 모아 크리스마스다운 미니 스테이지를 꾸미자는 쪽으로 이야기가 정리될 것 같았다. 아주 괜찮은데?

하지만.

타카와시가 고개를 숙인 채 손을 들었다.

어딘가 좀비 같은 동작이었다.

"의장님, 잠깐 괜찮을까?"

고개를 숙인 것은 마음속 오픈 때문에 눈을 맞출 수 없기 때문이지만, 그걸 모르는 1학년생은 흠칫거렸다. 아마 '얼음 공주'라는 별명도 퍼져 있을 것이다.

오해를 풀어야 할지도 모르지만, 그래서 1학년생이 타카와시한테 친한 척했다가 독설로 격퇴당한다면 불쌍하다. 험한 일을 겪을 바에야 지금부터 무서워하는 정도가 1학년생에게는 안전하니 이대로 간다.

"좋아. 거부하면 무슨 말을 들을지 모르니…."

에리아스도 좀 무서워하는 것 같았다.

"신나게 공연 계획을 세우는 건 좋은데, 공연할 학생과의 출연 교섭은 어쩔 거야?"

타카와시의 목소리가 거침없이 울렸다.

나도 혼나고 있는 듯한 기분이 들었다.

특정한 누군가를 공격하는 발언은 아니지만, 최소한 나는 반성해야 한다는 느낌이 들었다.

이 녀석한테 항상 욕먹는 탓에 몸에 밴 건가…. 싫다….

"출연 교섭을 언제 누가 할지, 일찌감치 정하는 게 좋아. 꿈을 말할 때가 가장 즐거운 법이지만, 실행에 옮길 방도가 절찬 미정 상태면 나중에 울게 될 테니까. 게다가 기말고사도 다가

오고 있으니, 이벤트에 참가할 마음이 없는 학생도 늘어날 거야."

실제로 기말고사는 17일부터 사흘간이므로 앞으로 딱 열흘 뒤다. 크리스마스와 신년을 즐겁게 보내려면 확실하게 공부해 둬야 하는 일정이다.

"그, 그렇지…. 타카와시의 말이 맞아…. 좋은 지적 고마워…."

에리아스는 다른 생각도 있는 것 같았지만 그래도 고맙다고 말했다.

"화기애애한 분위기를 망친 건 미안하지만, 나는 미움받는 역할을 맡는 게 특기니까. 자, 계속해, 계속해."

미움받는 역할을 맡는 게 특기라는 건 농담으로 한 말은 아닐 것이다. 좋게도 나쁘게도 타카와시다웠다.

"으음… 그럼 오늘 중으로 출연 교섭 담당을 정하기로 하고… 이벤트에 관해 제안할 게 더 있다면 말해 주세요…."

에리아스가 시무룩하게 말했다. 타카와시 탓이었다.

하지만 발언력이 있는 학생회장에게 엄격한 말을 하는 녀석도 필요하니까, 회의의 균형은 맞았다. 앞으로는 다이후쿠가 학생회 회의에서 그 역할을 해야 할지도 모른다.

"저요, 저요~!"

아이카가 손을 들었다. 기운찬 목소리가 교실에 울렸다.

그것만으로도 타카와시가 가라앉힌 분위기가 다시 활기를

띠는 것 같았다.

장소가 인관연의 홈이라서 그런지, 뭔가 인관연 사람이 회의를 제어하고 있는 것처럼 보이기도 했다.

"아야메이케, 뭔가 의견 있어?"

"세이고에 산타복 있나요? 크리스마스인데 교복 차림이면 재미없고, 적어도 빨간 옷은 입고 싶어요."

내 머릿속에 순식간에 산타 코스프레를 한 아이카의 모습이 떠올랐다.

어째선지 미니스커트 산타였다.

아이카의 말에 미니스커트 요소는 어디에도 없었거늘, 왜 그렇게 된 거지…. 어느 과정에서 섞여 든 거야? 진지하게 크리스마스를 축하하는 계층은 확실하게 눈살을 찌푸릴 만한 일이라고!

뭐, 좋아. 마음을 읽는 이능력자는 없으니까 들킬 일은 절대 없다….

"산타복이라…. 다이후쿠, 그런 비품이 있어?"

에리아스가 다이후쿠에게 물었다. 부회장이 아니라 다이후쿠라고 부르는 게 더 익숙한 느낌이었다.

"조사해야 확실히 말할 수 있겠지만, 보통은 없을 거야. 크리스마스면 이미 2학기가 끝난 뒤니까. 기본적으로 학교에서 뭔가 하는 이벤트는 아니잖아."

타당하고 착실한 의견이었다.

그러고 보니 24일은 이미 겨울 방학이겠구나…. 올해 종업식은 21일이고, 작년에도 크리스마스 전에 겨울 방학에 들어갔었다.

"뭐, 없다면 사면 돼. 크리스마스 이벤트 실행위원회 본부에서 빌릴 수 있을 것 같지만, 앞으로 계속 쓸 수도 있으니 몇 벌 사 둬도 좋겠지. 어차피 산초판사에서 팔 거야."

세이고의 학생은 양판점 산초판사에 가면 뭐든 살 수 있다고 생각하는 구석이 있었다.

심지어 그렇게 틀린 말도 아니었다. 산초판사에 산타복은 무조건 있다.

"크리스마스 느낌이 나는 소품이라면 100엔숍에서도 살 수 있어요! 모자 같은 것도 있었어요!"

나왔다. 아이카의 100엔숍 사랑!

"싫어. 그런 건 딱 봐도 100엔인 싸구려 티가 나는걸. 그건 최후의 수단으로 삼도록."

즉각 타카와시가 아이카의 의견을 부정했다.

"그렇지 않아요! 상품을 제대로 가려내면 저렴해도 아주 호화롭게 보일 수 있어요! 잘 고르면 돼요!"

아이카도 100엔숍에 관해서는 양보하지 않는 건가!

"아니, 노력할 부분이 틀렸잖아. 다른 쪽으로 노력해야지."

"에링은 어차피 100엔이라며 얕보고 있어요! 100엔숍에는 무한한 가능성이 있어요!"

"100엔의 가능성밖에 없어."

의논이 완전히 옆길로 새기 시작했다!

"타카와시 양, 아이카 양, 100엔숍이 아니라 크리스마스에 관해 생각해야 해요!"

말씨름이 과열되자 시오노미야가 끼어들어 말렸다.

인관연이 이야기를 진행하고, 인관연끼리 다투고, 인관연이 말리고.

아주 북 치고 장구 치고 우리끼리 쇼하고 있었다!

참고로 나는 어쩌고 있었냐면… 산타 코스프레에 관해 너무 참견하면 '이 녀석은 그저 여자한테 산타복을 입히고 싶은 거겠지'라고 여겨질 수도 있기에 끼지 않았다.

여자한테 산타복을 입히고 싶으냐고 묻는다면 입히고 싶다. 내가 이상한 게 아니다. 여자한테 산타복을 입히고 싶지 않다고 강하게 주장하는 남자가 이상한 거다. 그렇지만 입어 달라고 주장해도 분위기가 안 좋아진다. 세상은 불합리로 가득 차 있다.

"아야메이케의 친척을 나쁘게 말해서 반론하는 거면 모를까, 왜 100엔숍 가지고 대항하는지 의문이야."

"100엔으로 얼마나 좋은 걸 만들어서 팔 수 있는지, 그 정열을 비웃는 건 좋지 않아요."

나도 아이카의 100엔숍 사랑이 이 정도일 줄은 몰랐다.

누구나 뜨거운 열정을 가슴속에 품고 있는 법이다. 앞으로 아이카와 둘이서 얘기할 기회가 생겨도 100엔숍을 부정하는 발언은 절대 하지 말자….

그때, 의자가 바닥에 드르륵 끌리는 소리가 났다.

에리아스가 일어나 있었다.

갑자기 일어난 탓에 평소보다 에리아스가 커 보였다.

아마 화났겠지. 화난 이유도 안다.

"그냥 각자 말 꺼낸 사람이 어떻게든 하는 걸로 하자. 해 봤는데 혼자서는 한계가 있다면 발언자가 일찌감치 도움이 필요하다고 연락하는 거야. 일단 그렇게 해 보지 않을래?"

에리아스의 그 제안은 매우 알기 쉬웠기에 나는 좋다고 생각했다.

그리고 발언자가 직접 하라는 것은 거역하기 어려운 설득력이 있었다. 그 생각을 떠올린 녀석에게 한 번 시키는 것은, 전혀 고려하지 않았던 녀석을 담당자로 삼는 것보다는 더 나을 것 같았다.

"아아, 응, 나는 좋아. 출연 교섭 같은 건 금방 끝나니까. 주말 지나고 월요일부터 후딱 해치울게."

의외로 타카와시는 간단히 승낙했다.

“그 대신, 혼자 교섭하러 가는 게 스트레스가 큰 것도 사실이니까 한 명 더 추가로 누군가를 붙여 줬으면 좋겠어.”

“그러면 나리히라를 붙여 줄게. 그럼 돼?”

“응, 좋아.”

어라…?

뭔가, 귀찮은 일이 나한테 오지 않았어…?

“그리고 산타복 등의 비품도 아야메이케한테 맡기면 미적 센스 면으로는 무난할 거야. 남자한테 시키는 것보다는 낫지.”

타카와시가 맹렬한 기세로 진두지휘하기 시작했다.

이 녀석이 학생회의 실세라고 하면 1학년 임원은 믿을지도 모른다.

“네, 아이카도 그쪽은 보탬이 될 수 있어요. 아이카는 아무래도 안 보이는 곳에서 일하는 게 중심이 될 테니까요.”

아이카가 뭔가를 의식해서 그런 말을 했는지는 알 수 없지만….

‘안 보이는 곳’이라는 말이 마음에 걸렸다.

학생회 선거의 응원 연설인이 되어 달라고 부탁하러 갔을 때, 아이카는 1학기에 매혹화 이능력으로 학교를 혼란에 빠뜨렸던 일을 언급했었다.

평소에는 그런 티를 내지 않지만, 아마 아이카는 이제껏 줄곧 남들 앞에 나서는 것을 두려워했을 것이다. 오히려 안 그런

게 더 이상하다.

아사쿠마처럼 이게 그저 심리적인 문제라면 괜찮겠지만, 아이카는 그렇지도 않았다.

나도 아이카도 조금만 삐끗하면 정말로 모두에게 폐를 끼치는 이능력을 가지고 있었다. 그런 건 신경 쓰지 말라고 가볍게 말할 수 없었다.

하지만 그걸 걱정하는 사람은 나뿐이었는지, 회의는 그대로 진행되었다.

"그럼 비품은 아야메이케에게 맡길까."

에리아스가 고개를 끄덕거리고서 말했다.

"잠깐."

그때, 누가 이름에 독수리 취(鷲) 자가 들어가는 사람 아니랄까 봐 타카와시가 매섭게 끼어들었다.

"아야메이케만 보내면 100엔숍에서 필요 이상으로 싸게 해결하려고 들 우려가 있으니까…."

타카와시가 내 쪽을 힐끔 보았다.

마음속 오픈 때문에 여느 때처럼 곧장 시선을 뗐지만, 날 봤다는 것은 바로 알 수 있었다. 나도 익숙했다.

"…그레 군이 따라가."

잡일을 떠맡았다는 생각은 안 들었다.

아이카와 둘이서 쇼핑하러 갈 기회였다.

타카와시는 아마 그 기회를 의도적으로 준 것이다.

수학여행 때, 타카와시는 '협력이 필요하다면 조건에 따라서는 도와주겠다'라고 했다. 타카와시도 그걸 아직 의식하고 있을 것이다.

그리고 선거 때문에 이런저런 일이 있어서 생각할 겨를이 없었지만, 아이카와의 사이도 전혀 진전이 없고…. 이 기회에 제대로 진도를 나가야 한다.

다만 당당히 고맙다고 말할 수는 없었다.

겉으로는 잠깐 기다리라는 식으로 말하는 게 좋을 것 같았다.

"타카와시, 혹시나 해서 묻겠는데, 나한테 거부권은…."

"발언권도 없어."

발언권조차 없는 거냐.

크리스마스 이벤트 회의를 연 결과, 주로 인관연이 준비 작업의 실행부대로서 일하기로 했다.

표면적인 일은 에리아스와 다이후쿠가 잘 처리해 줄 것이다.

그날 해산할 때쯤에는 출연해 달라고 교섭할 학생 목록도 만들어져 있었다. 부딪치고 깨지는 식으로 이 녀석들을 순서대로 찾아가면 된다.

거절당했을 때 어떡할지를 전혀 생각하지 않고 마음을 비우고서 돌격해 나간다면 비교적 간단히 끝나는 일일지도 모른다.

★

주말이 지나고 월요일 아침. 기말고사도 일주일 뒤로 다가왔지만, 그쪽은 지금 생각하지 말자.

나는 4층과 5층 사이의 계단 층계참에서 타카와시를 기다리고 있었다.

이곳은 사람이 거의 다니지 않아서 마음이 편했다. 누군가를 기다리는데 통행인이 옆으로 계속 지나가면 왠지 내가 나쁜 짓을 하고 있는 것 같아서 뻘쭘해진다.

사교성이 없는 사람은 타인이 옆을 지나가기만 해도 미묘하게 체력과 정신력을 소비한다. 분명 타카와시도 동의해 줄 거다. 나만 이상한 게 아니다.

그런 타카와시에게 LINE으로 도착했다는 메시지를 보내고, 토트백에 넣어 뒀던 문고본을 4페이지 정도 읽었을 때, 바닥을 때리는 듯한 발소리가 울렸다.

타카와시가 계단을 올라오고 있었다.

"안녕."

나는 타카와시의 머리를 보며 말했다.

"그레 군에게 내려다보는 시선을 받는 건 재미없네."

일단 안녕이라고 인사 정도는 해라.

다만 나도 타카와시에게 말하지 못한 게 있었다.

아이카와 외출할 구실을 만들어 줘서 고맙다고 말해야 했다.

하지만 어떤 타이밍에 말하면 좋을지 알 수 없어서 여전히 말을 못 하고 있었다. 애초에 타카와시에게 그런 의도가 있었는지조차 불명이지만, 내가 고맙다고 느낀 것은 틀림없었다.

그렇다면 사람 된 도리로서 '고마워'라고 한마디는 해야 한다.

여러 사람이 있는 자리에서는 불가능하더라도, 출연 교섭은 타카와시와 둘이서 돈다. 어디선가 좋은 타이밍이 생기면….

"**프린트**는 가져왔어?" 하고 타카와시가 그 자리에서 말했다. 계단을 더 올라올 마음은 없는 듯했다. 뭐, 5층에 교실은 없으니 내가 내려가는 편이 합류하기에도 효율적이다.

프린트라는 것은 학생회 명의의 출연 의뢰가 적혀 있는 인쇄물이었다. 금요일 회의 직후에 에리아스가 만들어서 30장 정도를 나한테 줬다.

"이 가방에 들어 있어."

나는 남색 토트백을 위로 쑥 들었다.

그런고로 이벤트 출연 교섭이 시작되었다.

나와 타카와시는 아직 사람이 없는 복도를 평소와 같은 거리감으로 묵묵히 걸었다.

타카와시는 앞장서서 성큼성큼 나아가고, 나는 1미터 거리를 유지하며 뒤쫓았다.

"이런 건 인간적인 마음을 가지고서 하니까 지치는 거야. 안 되더라도 본전이라는 정신으로 하면 간단히 끝나."

"나랑 비슷한 생각을 하는구나…."

"다른 좋은 공략법도 없잖아. 마음을 다해 접객하면 그 마음이 마모되고, 상대방에게 우리는 귀찮은 일을 가져온 녀석일 뿐이니까."

이 녀석, 텔레마케터 아르바이트라도 했던 건가?

"근데 이른 아침에 모인 이유는 뭐야?"

"등교하지 않은 시간에 프린트만 놓고 가면 말로 설명하는 것보다 훨씬 편해서 이득이니까."

역시 커뮤니케이션의 생략을 노린 모양이다.

"네 작전은 전면적으로 지지해. 하지만 그렇게 잘 풀릴까? 나라면 등교했는데 책상에 이상한 프린트가 있으면 참가하자고 생각 안 하는데."

"그러니까 안 돼도 본전 정신이 필요하다는 거야. 우편함에 광고지를 넣는 것과 똑같아. 관심을 끈다면 운이 좋은 거지. 나랑 그레 군이 할 일은 책상에 광고지를 두는 것, 만약 학생이 와 준다면 권유하는 것이야. 이벤트에 참가시키는 건 직무에 안 들어가."

타카와시와 그런 이야기를 하다 보니 1학년 1반에 도착했다.

여기서부터 목록에 있는 학생의 책상을 확인하고 거기에 프린트를 두고 가는 것이다.

자, 그럼 교실에 들어가 볼까, 하고 생각했지만.

“타카와시, 너 왜 뒤에 있어?”

어느새 타카와시가 뒤로 물러나 있었다.

어라? 조금 전까지 타카와시가 앞에서 걷고 있었을 텐데?

“드레인이 있는 이상, 교실에 나란히 들어가진 못하잖아.”

타카와시가 어이없다는 듯 말했다. 하지만 바로 납득이 가진 않았다. 뭔가 속고 있는 것 같은데.

“그건 부정할 수 없지만, 너 혹시… 최대한 나한테 시키려는 거 아니야?”

교섭할 당사자가 없다면 자리에 프린트만 두면 된다는 것은 맞는 말이다.

하지만 그 학생의 자리가 어디인지는 물어봐야 알 수 있다.

즉, 프린트를 이용하더라도 모르는 누군가와 필연적으로 말해야 하는 것이다.

“칫.”

타카와시가 혀를 찼다.

응, 잘못 들은 게 아니라 혀를 찼다.

“눈치가 빠르네. 간파했나….”

"역시 교활한 생각을 하고 있었구나! 너도 해!"

"이미 평판이 안 좋은 그레 군만 손을 더럽히는 게 낫지 않겠어? 어차피 학생회 선거 때문에 다들 이상한 녀석이라고 여기고 있을 테고, 더 잃을 건 없잖아."

"그렇다면 더더욱 내가 말을 걸면 안 되지. 그리고 나를 디스해서 화제를 돌리지 마. 나도 조금씩이나마 너의 수법을 알게 됐거든. 그렇게 간단히 너한테 조종당하지 않아."

"그레 군을 조종할 권리를 얻더라도 특별히 움직이고 싶지 않으니까 대충 방치할 건데."

"나한테도 마음이 있으니 좀 더 상처받지 않게 말해 줘…."

확실히 나를 조종할 수 있더라도 이점이 거의 없지만….

"그래, 레이디 퍼스트가 아닌 아싸 퍼스트인 거야."

"타인을 아싸라고 인식하는 시점에 그 양보는 적대적 행동이야. 그보다 그거, 부메랑처럼 너한테 돌아온다는 건 알고 있어…? 너나 나나 오십보백보잖아."

"오십보와 백보면 두 배 차이 나는 거니까 격이 달라. 자신의 격이 더 떨어진다고 인식한다면 입 다물렴."

젠장! 무슨 말을 해도 즉각 독설이 돌아온다!

그러는 우리 뒤에 남학생이 난처한 얼굴로 서 있었다.

이런. 상급생 두 명이 하급생의 교실 입구를 막아 버리는 짓을 하고 있었다.

1학년생 입장에서는 의문의 2인조와 엮이고 싶지 않을 것이다. 게다가 (특히 타카와시는) 눈매도 좀 사나웠다. 적어도 친근하지는 않았다.

타카와시도 우리가 길을 막고 있음을 눈치챈 듯했다. 시선이 살짝 방황했다. 타카와시가 매우 드물게 소심한 표정을 지었다.

다만 타카와시는 자신이 폐를 끼친 상대여도 이용하고자 했다.

시선을 일시적으로 그 1학년생(아마 이 반의 학생)에게 휙 보냈다.

최근 타카와시는 시선을 잠깐 상대에게 보내고 대화를 시작하는 방법을 터득한 것 같았다. 그럼으로써 상대에게 주의를 기울이고 있음을 전하는 듯했다. 마음속 오픈을 발동시키지 않는 적정선을 알게 된 거겠지.

"길 막아서 미안해. 너 이 반 학생이야?"

남학생은 살짝 떨리는 목소리로 "네…." 하고 대답했다. 너무 겁을 먹어서, 누가 보면 삥 뜯는 현장이라고 오해할 것 같았다.

"학생회 일 때문에 이 반의 어떤 학생에게 자료를 주려고 왔는데, 자리가 어딘지 가르쳐 주면 안 될까?"

그렇군. 이 방법이라면 효율적이다. 어차피 길을 막은 것을 사과할 거면 그 상대에게 물어봐서 볼일을 끝내는 편이 낫다.

찾는 학생의 이름을 대자 남학생은 순순히 자리까지 안내해 줬다. 우리는 별일 아닌 척 프린트를 놓았다. 정말로 별일 아니지만.

그리고 타카와시와 나는 서둘러 교실을 나왔다.

"후우… 뭐야, 별거 아니잖아."

"그건 분명 정말로 별거 아닌 일만 해서 그런 거겠지. 우리가 한 일이라고는 1학년 교실에 와서 후보생의 자리를 물어봤을 뿐이잖아."

하급생의 교실에 들어가는 것뿐인데 왜 이렇게 긴장하는 건지.

"그래 군도 자의식 과잉 상태였으면서 내 태도만 지적하는 건 치사하지 않아? 너도 그런대로 소극적이었거든?"

내가 타카와시의 상태를 알 수 있다면 그 반대도 가능한 거였다.

"어차피 나는 아직 아싸고 대인 기피 성향이야. 면식 없는 사람과 얘기하지 않을 수 있다면 그게 더 좋아. 그래도 조금씩 개선되고 있으니까 됐어. 바닥을 찍고 반등 중이야."

타카와시라면 '개선되는 페이스가 너무 느려서 잘 모르겠어'라고 말할 줄 알았는데, 공격하는 말은 나오지 않았다.

"그렇지. 이 정도 일은 하게 됐어."

표정이 쌀쌀맞은 건 고사하고 날 쳐다보지도 않았지만, 이건 타카와시 나름의 긍정이라고 받아들여도 되지 않을까.

"그러니까 다음 반은 그레 군 혼자서 할 수 있지?"

"결국 나한테 맡기는 전개로 만들려는 거냐!"

인정받았다고 괜히 생각했다. 필요 이상으로 마음을 열어서는 안 된다.

"그럼 다음은 그레 군이 질문하고 내가 프린트를 놓자."

"커뮤니케이션을 회피할 생각만 하지 말라니까!"

"하지만 두 사람이 함께 말하는 것도 이상하잖아."

뭐, 실제로 그렇긴 하지만, 한번 받아들이면 끝까지 나한테 떠넘길 것 같다.

"애초에 둘이 같이 갈 필요가 없지 않아? 각자 다른 교실을 도는 게 효율적이지 않나…?"

"그레 군, 집에 찾아와서 수상한 권유를 하는 사람들이 왜 2인조로 다니는 줄 알아? 상대보다 인원이 많으면 더 구슬리기 쉬워서 그래. 쪽 수로 밀어붙인다고 바꿔 말해도 좋아."

"우리가 무슨 악덕 업자냐."

하지만 하고 싶은 말은 이해했다. 특별히 도와주지 않더라도 옆에 동료가 있으면 이야기할 때도 심리적으로 더 편할 것이다.

"그럼 2반은 내가 물어볼 테니까 그다음인 3반은 타카와시 네가 물어봐."

어쨌든 일하는 양이 균등하다면 됐다. 학급이 다 합쳐서 50개나 있는 것도 아니다. 착실하게 해 나가면 효율이 안 좋아도 언젠가 끝난다.

“나는 홀수 교실에는 못 들어가.”

“1반에 들어갔다 나온 직후에 모순된 규칙을 만들지 마!”

지나가는 1학년생이 복도에서 기묘한 대화를 나누는 우리를 이상한 눈으로 보고 있었다.

내가 생각하기에도 확실히 이상한 녀석들이니 어쩔 수 없지만.

타카와시가 아까 별거 아니라고 평가했는데, 막상 해 보니 정말로 별거 아니었다.

교실에 들어가서, 학생회 프린트를 둬야 하니까 이 학생의 자리를 가르쳐 달라고 묻고, 대답을 듣기만 하면 됐다. 전혀 재밌지는 않지만(재미있을 요소가 없다. 리얼충이 하더라도 재미없을 거다), 어렵지도 않았다.

타카와시도 홀수 반에 들어가서 학생의 자리를 확인하고 책상 중앙에 떠넘기듯이 프린트를 놓았다.

“그럼 이번엔 그레 군이 프린트를 둘 차례네.”

“프린트를 두는 것조차 분담하는 거냐.”

뭐, 정말로 금방 끝나니까 상관없나.

"소집 영장입니다~"

내가 프린트를 책상에 두는 타이밍에 타카와시가 쓸데없는 말을 했다.

"표현의 이미지가 안 좋잖아."

물론 참가는 임의다. 시기가 시기이니, 크리스마스 데이트가 예정된 녀석도 있을 것이다. 크리스마스 데이트를 취소하면서까지 참가하겠다고 하면 이쪽이 송구스럽다.

의욕적이거나 성실한 녀석이 아니라면 참가하지 않겠다는 연락도 하지 않고 이 귀찮은 프린트를 구겨 버릴 것이다.

그런 녀석들은 내일 우리가 다시 찾아갈 예정이다.

두루뭉술하게 도망칠 수 있을 거라고 생각한다면 큰 오산이다. 그 부분에 관해서 우리는 끈질기다. 임의라고 해서 대답을 안 해도 되는 건 아니다.

1학년 교실은 금방 다 돌아서 2학년 교실로 넘어갔다.

또한 3학년은 수험을 앞둔 학생에게는 타진하지 않기로 해서 후보도 적었다. 크리스마스 이벤트와 수험, 어느 게 더 중요하냐고 묻는다면 무조건 후자이기 때문이다.

2학년 교실은 1학년 교실과는 다른 긴장감이 들었다.

이런 건 얼굴이 많이 알려져 있을수록 하기 어렵다. 아는 사람을 발견한다면 원활하게 넘어가겠지만, 나나 타카와시나 그런 인간관계는 희소했다.

하지만 머뭇거릴 만한 일도 아니니, 어쨌든 말 걸기 쉬워 보이는 녀석을 찾아내서 자리를 묻자.

하지만 긴장되는 것 이전에 수상쩍은 말을 들었다.

"그럼 2학년은 그레 군부터 시작하자."

1반 교실 앞에 왔을 때, 타카와시가 대수롭지 않게 말했다.

"아니, 1학년 마지막 반은 내가 했으니까 네 차례…."

"그러니까 이번에는 그레 군부터 시작하자는 거야. 1학년은 맨 처음에 나부터 했잖아. 신에게 맹세코 공평해."

신에게 맹세하니 오히려 믿을 수 없었다. 애초에 무슨 신에게 맹세하는 건데.

"왜? 공평한 게 싫다면 받아들이겠지만."

"솔직히 뭔가 꿍꿍이가 있을 것 같은데, 그걸 당장 지적하지 못하는 내가 진 거니까 나부터 하겠어."

패배는 인정하면서도, 아무 말도 안 하는 건 싫어서 하고 싶은 말도 했다.

즉각 타카와시가 가차 없이 독설로 응수할 줄 알았지만….

"……."

당장은 반응이 없었다. 표정도 특별히 평소와 다르지 않았다. 통명스러운 얼굴이지만, 타카와시는 이 얼굴이 중립 상태였다.

참는다는 걸 배운 걸까? 아니면 괜한 말을 해서 나부터 한다는 게 취소될까 봐….

“내가 그레 군한테 한 가지 명령할 수 있다는 거, 기억해?”

엄청난 말을 담담히 꺼냈다!

확실히 그런 얘기가 남아 있었다…. 문화제 때 벌인 승부에서 내가 진 탓이었다.

“그런 나한테 잘도 심한 말을 하는구나. 목숨이 아깝지 않은가 봐?”

“아니, 그 협박은 이상하잖아! 명령권이 있어도 목숨이 달린 명령은 금지야!”

분쟁국에 용병으로 잠입하라는 것 같은 명령은 말할 것도 없이 안 된다.

타카와시가 푹 한숨을 쉬었다.

“뭐, 좋아. 그레 군부터 시작하기로 했으니까 1반은 그레 군이 담당해.”

“알았어…. 한 말은 지켜….”

일단 이 자리에서 이상한 명령을 받지 않아서 다행이다. 그렇게 생각하며 1반 교실에 들어갔다.

하지만 타카와시가 제안을 꺼냈을 때부터 흐름이 나쁜 쪽으로 바뀌었는지 작은 말썽이 생겼다.

“저기, 토바 자리가 어디야?”

교실 앞쪽에 있던 남학생에게 내가 물어보자,
"창가 쪽 중앙에 앉아 있는 녀석이 토바야."
라는 대답이 돌아왔다.
후보가 이미 등교해 있었다!
이러면 프린트만 두고 가는 작전은 쓸 수 없다. 직접 권유해야 한다. 그 정도도 안 하면 참가자는 전혀 모이지 않는다.
다행히 토바라는 학생은 그렇게 말 걸기 어려워 보이지는 않았다. 날라리 같은 느낌은 없었다. 자기 자리라고 할까, 책상에 앉아서 페트병에 든 주스를 마시고 있었다.
한번 망설이면 오히려 움직이기 어려워진다. 나도 그걸 배웠다.
"저기, 네가 토바야? 학생회 자료를 좀 가져왔는데, 잠깐 얘기할 수 있을까?"
나는 말을 걸면서 그대로 설명으로 넘어갔다.
"…그렇게 된 거라서, 만약 예정이 없다면 이능력으로 협력해 주면 좋겠어. 물론 선약이 있다든가 귀찮아서 패스하고 싶다면 거절해도 돼."
후반으로 갈수록 목소리가 작아지고 있다는 걸 나도 알 수 있었다.
이건 모르는 사람과 이야기하는 스트레스라기보다는 권유 행위를 하는 것에 대한 스트레스다…. 어쨌든 상대방에게 특별히 좋을 일이 없는 걸 소개하고 있는 거니까.

"추상적이긴 한데, 이점도 약간 있어."

옆에서 타카와시가 그렇게 말을 보탰다.

아아, 타카와시도 그저 옆에 있는 게 아니라 제대로 도와주긴 하는구나.

근데 정말로 이점 같은 게 있나? 나는 구체적인 예가 안 떠오르는데.

"지역 이벤트에 참가하는 건 교외에서의 학생회 활동에 해당해. 내신에 좋게 작용하지. 만약 AO입시를 볼 예정이라면 참가해도 손해 보진 않을 거야. 나도 학생이라서 얼마나 가산점이 될지는 모르겠지만."

그런가. 확실히 내신 쪽으로 좋은 영향이 있을 거라는 건 있을 법한 얘기다.

토바는 나랑 타카와시가 상대에게 말할 틈을 안 주기도 해서 줄곧 침묵하고 있었지만, 책상에 앉은 몸을 살짝 앞으로 내밀었다.

"그럼 참가할래. 크리스마스에 집에 틀어박혀 있는 것보다는 낫고. 여기에 이름을 쓰면 돼?"

이겼다! 그런 생각이 들었다.

뭐에 대한 승리인지 나도 잘 모르겠지만, 졌다는 생각은 안 들었다.

"아, 맞아! 거기에 써 줘! 우리가 학생회에 가져갈게. 그리고 미리 연락할지도 모르니까 연락처도 기입해 주면 좋겠어."

여기서 놓쳐서는 안 된다. 나는 연락처 기입용 프린트를 꺼내 어디에 기입하면 되는지 빠르게 설명했다. 너무 접근할 수는 없기에 설명하기 어려웠지만.

토바는 자기 책상 옆에서 허리를 숙여 기입하기 시작했다. 왜 의자에 안 앉는지 의문이었지만, 초면에 그런 걸 지적할 수는 없었다.

"있잖아, 궁금한 게 하나 있는데."

이름과 연락처를 적으며 토바가 말했다.

으엑. 뭔가 문제가 있는 걸까. 자세히 따지고 보면 문제는 얼마든지 있을 테니 말이지….

"하구레, 학생회장 선거에서 졌는데 왜 학생회 일을 하고 있는 거야?"

아, 그런 거였나.

"잡무를 명령받았거든."

어째선지 나 대신 타카와시가 대답했다.

"선거에서 폐를 끼친 죄로 이것저것 하고 있어. 즉, 벌이지."

"사람이 선의로 하는 활동을 멋대로 벌로 만들지 마."

기입 중이라서 토바의 얼굴은 보이지 않았지만, 웃음소리가 들렸다.

“그런 방식, 실은 싫지 않아. 배짱도 있고. 진짜로 꽤 리스펙트해.”

리스펙트라는 표현이 내게 사용되는 날이 올 줄은 몰랐다….

“아니, 웃자고 한 말이겠지만, 좀 더 제대로 된 사람을 리스펙트하는 게 나아….”

고맙다고 할 만한 일도 아닌 것 같아서 그런 말로 얼버무렸다.

그렇게 교실을 나온 후, 뒤따라 걸어온 타카와시가 이런 말을 했다.

“걱정하지 않아도 리스펙트할 리가 없어. 정말로 리스펙트했다면, 리스펙트라는 외래어를 쓰지 않고 존경한다고 말했겠지.”

“냉정하게 설명하지 않아도 돼! 나도 그 정도는 알아! 이것저것 저지른 녀석이 왔으니 장난치자고 생각하는 녀석도 있을 테고, 그게 아니더라도 무시하면 그건 그것대로 일부러 언급하지 않는 것 같은 느낌을 주니까….”

방금 막 들어서 그런지 벌이라는 단어가 머릿속에 떠올랐다.

자업자득이긴 할 것이다. 나는 학생회 선거에서 상당히 위험한 일을 했다. 그 탓에 웃음거리가 되는 건 내가 스스로 초래한 결과다. 그런 짓을 저질러 놓고 웃지 말라고 하는 건 모순된 언동이다.

“…한동안은 이상한 녀석이라고 계속 인식되겠지. 최악의 경우엔 졸업할 때까지 계속될 거야.”

선거 때는 열이 올랐기도 했고, 다른 선택지도 없다고 생각해서 별로 신경 쓰지 않았지만, 나는 커다란 것을 잃어버렸을지도 모른다.

소 잃고 외양간 고치는 꼴이다. 저지르고 난 뒤에야 그러지 말았어야 했다고 생각하게 된다.

"왜 그레 군이 후회하고 있어?"

타카와시의 그 목소리는 뾰족하지 않았다. 진심으로 물어보고 있다는 느낌이었다.

나는 뒤에 있는 타카와시를 확인하기 위해 몸을 돌렸다.

타카와시는 당연히 눈을 피했지만, 악의 같은 것은 보이지 않았다.

"지금까지는 드레인을 가진 위험한 녀석이라는 취급이었잖아. 그랬던 게 드레인을 가진 이상한 녀석이 됐어. 솔직히 말해서 승격했다고 생각해. 뭔가를 잃지는 않았으니까."

타카와시의 설명은 그런대로 구체적이었다. 나를 위로하는 거라고 볼 수도 있었다.

"그건… 그러네."

잃었는지 아닌지를 기준으로 생각하면 그랬다. 즉, 손해는 보지 않았다. 이득을 봤냐고 묻는다면 의문이지만, 타카와시가 승격했다고 표현할 정도니까 나빠지지는 않았다. 타카와시가 나를 치켜세우기 위해 넉살 좋은 말을 하지도 않을 테고.

"시시한 차원의 얘기지만, 성장한 걸까."

"성장은 성장이니까 기뻐하면 돼."

타카와시의 말은 타카와시답지 않을 만큼 부드러웠다.

"동맹을 만들자고 말했던 5월과 비교하면, 이러니저러니 해도 좋은 방향으로 가고 있어. 우리가 한 일은 옳았던 거야."

"고마워."

지금이라면 쉽게 말할 수 있었다.

아이카와 함께 쇼핑하러 갈 기회를 만들어 준 것에 대한 '고마워'와는 다르기에, 아직 내 마음속에는 '고마워' 할당량이 남아 있지만.

아마 타카와시도 나와 아이카의 사이를 응원해 주고 있을 것이다. 그에 대한 감사의 말은 필요하다.

그렇다면 한 번 더 말하면 된다.

"그리고 아이카랑 쇼핑하러 갈 기회를 만들어 준 것도, 고마워."

생각보다 자연스럽게 말할 수 있었다. 다행이다. 마음의 짐을 하나 덜었다.

"아까부터 고마워, 고마워, 하는데. 그레 군, 본격적으로 마조히스트가 됐어?"

역시 그렇게 대답하는구나! 그럴 줄 알았어!

뭔가, 타카와시는 불쾌한 것을 보는 듯한 눈을 하고 있었다.

평소와 별반 다를 바 없지 않냐고 할 것 같은데, 평소보다 매서웠다.

“갑자기 감사를 늘어놓는 건 무섭고, 그런 성의는 돈으로 보여 주는 게 더 기뻐.”

“돈으로 해결해야 하는 타입의 감사가 아니잖아!”

“명령할 권리를 포기할 마음도 없으니까 무슨 말을 해도 소용없어.”

“그런 눈앞의 이익을 위해서 한 말이 아니야! 조금은 사람의 선의를 믿어라!”

2학년 교실이 있는 복도이기도 해서 평소와 같은 분위기가 되었다. 타카와시가 나를 마음대로 가지고 노는 분위기 말이다.

하지만 이 분위기에 익숙해져서 감각이 마비되었다고 할까, 정들어 버린 부분도 있었다.

이 분위기가 불편하냐고 묻는다면… 좋다고 대답하기는 싫지만, 나쁘지도 않았다.

그리고 내가 고맙다고 말할 기회가 여러 번 생길 정도로 타카와시는 상냥함을 보여 주고 있었다.

하지만 본인에게 말하면 기분 나쁘다고 직설적으로 말할 것 같고, 그저 내 착각일지도 모른다.

타카와시한테는 상냥함이라는 표현이 부합되지 않는단 말이지. '태도가 부드러워졌다'라고 말하는 게 정확하려나.

뭐, 겨울에도 다소 따뜻한 날이 있는가 하면 무진장 추운 날도 있는 것처럼, 타카와시도 그날그날 변화가 있는 거겠지. 이 이상 깊이 파고들 방법도 없고, 일단은 당장 닥친 일을 하자.

"다음은 타카와시 네 차례야. 제대로 해."

나는 다시 몸을 돌려 앞을 보았다. 아직 교실은 많이 남아 있었다. 이 페이스라면 아침에 다 도는 건 어려울 것이다. 시간이 부족하다면 쉬는 시간에 돌면 되겠지만.

"좋아. 하지만 2반은 우리 반이니까 뒤로 미루자. 응, 다음은 그레 군 차례고 3반이야."

"나만 손해 보고 있지 않아…?"

타카와시가 2학년 담당을 나부터 시킨 의도를 알게 됐다.

이 녀석한테 상냥함이 어디 있다고. 착각도 유분수다….

"3반은 다이후쿠 군이 있으니까 좋잖아. 아니지, 다이후쿠 군에게 맡길 수 있으니 여기도 패스하면 되나. 그레 군이 4반을 담당하자."

"규칙이 너무 헐렁하다고! 3반도 패스할 거면 4반은 네가 해! 짝수 반은 네가 하는 흐름이잖아!"

"홀수와 짝수로 담당 반을 바꾸자는 말은 한마디도 안 했어. 네 차례야."

"역시 내가 손해 보는 것 같아…."

나는 석연치 않은 느낌을 받으며 우리 반인 2반 앞을 지나갔다.

열려 있는 문 너머로 시오노미야가 에리아스의 자리 앞에서 뭔가 이야기하고 있는 것이 보였다.

이벤트와 관련된 얘기겠지. 시오노미야는 무슨 일이든 열심히 하고, 지금도 열중해 있는 것처럼 보였다. 에리아스도 나랑 얘기할 때와는 달리 굉장히 우호적인 모습이었다.

에리아스가 뭐라 뭐라 입을 움직였다. 목소리는 들리지 않았지만, 놀란 듯한 표정이었으니 '정말로?' 같은 말을 했을 것 같다.

신경 쓰이고, 들으러 가고 싶지만, 내게는 여자끼리 대화하는 데 끼어들 만한 유들유들함도 뻔뻔함도 경박함도 없었다.

메이드장은 시오노미야의 자리에 가만히 있었다. 빈자리를 지키는 건가…?

"그레 군의 책상에 아무도 안 앉아 있으니까 괜찮아."

"그런 걱정은 안 해."

그야 교실에 왔는데 누가 내 책상 위에 앉아 있으면 기분은 별로 안 좋겠지만…. 경시당하고 있다는 느낌이 든다. 중학생 때 몇 번 경험한 적이 있다…. 심지어 내가 왔다는 걸 알면 도망쳤다…. 무서워할 거면 처음부터 업신여기지 말라고. …그만하자. 이 이상 생각하는 건 너무 괴롭다.

"그럼 시오노미야를 걱정한 거겠네."

나는 시오노미야의 이름을 꺼내지 않았지만, 내가 누구를 의식하고 있는지 타카와시도 바로 알았을 것이다.

나도 시오노미야를 신경 쓴 게 아니라고 부정하지 않았으니 긍정한 것과 같았다.

"아무 걱정 안 해도 돼. 시오노미야는 다잡을 건 다잡을 줄 아는 아이야."

본인이 앞에 없어서 그런지, 타카와시가 정당하게 시오노미야를 칭찬하는 것이 신선했다.

"너, 상대가 눈앞에 없으면 악의 없이 평가할 수 있구나."

"단지 칭찬할 요소가 많은 사람은 칭찬하기 쉬워서 그런 거야. 그레 군 같은 경우는…."

"그 이상은 듣고 싶지 않으니까 말 안 해도 돼."

무조건 디스하는 흐름이다. 너무나도 분명했다.

"…칭찬할 요소가 없으니까, 화제를 만들기 위해 못난 점을 지적하는 부분은 있지."

"말 안 해도 된다니까 그러네!"

"못났다는 자각이 있다면 고치렴."

나는 왜 우리 교실 앞에서 이런 비방을 들어야 하는 거지….

가만히 있으면 약해졌다고 판단해서 더 추격타를 날릴 것 같았기에, 2반도 3반도 통과하여 다음 작업 장소인 4반으로 갔다.

이번에도 우리가 찾는 후보는 등교해 있었지만, 아까와 같은 요령으로 설명하여 4반 학생에 대한 타진도 무사히 끝났다.

'그럼 이제 5반은 타카와시 네가 해라'라고 생각했지만, 타카와시는 5반의 아이카에게 그 역할을 떠넘겼다.

손을 흔들어 주는 아이카의 인사를 받으며 우리는 5반 교실을 나왔다. 참고로 5반의 후보생은 아이카에게 권유받고 참가하겠다고 했다. 아이카가 도는 게 훨씬 더 효율적으로 인원이 모일 것 같았지만, 그걸 말하면 내 존재 의의가 사라지기에 생각하지 않기로 했다.

"후우, 한차례 일이 끝났네."

타카와시가 작위적으로 말했다.

"실질적으로 넌 아무것도 안 하지 않았어…?"

결과적으로 나만 떠들게 됐던 것 같다. 전부 계획된 일이었다는 생각밖에 안 든다.

"그레 군 감시 업무를 했어."

"내가 무슨 보호 관찰 처분을 받은 인간이냐."

"아아, 그러면 그레 군 갱생 프로그램이네."

타카와시는 쌀쌀맞은 눈으로 말했다. 그건 완전히 죄를 저지른 녀석이잖아. 그만둬.

다만 그 쌀쌀맞은 시선이 다소 누그러졌다는 생각이 들었다.

"드레인이 없었다면 의외로 '활기차고 밝은 아이였어요'라는 말을 듣는 포지션이었을지도 모르는데. 안타깝다."

"위로 고마워, 라고 말하고 싶지만, 뉴스에서 그런 말을 듣는 건 대체로 중범죄를 저지른 녀석이거나 사건에 휘말려 살해당한 피해자뿐이야…."

말의 이면에 명백하게 '지금은 활기차지도 밝지도 않다'라는 전제가 깔려 있었다.

"드레인, 없애지는 못하더라도 무해화 정도는 할 수 있다면 좋을 텐데."

웬일로 독설을 덧붙이는 게 아니라 심플한 동정의 말을 건넸다. 타카와시는 이미 시선을 돌린 뒤였지만, 그 얼굴은 정말로 동정하고 있는 것처럼 보이기도 했다.

"할 수 있는 건 할 거야. 이딴 것이 계속 인생을 휘두르게 두진 않아."

"그렇지. 라이프워크라고 생각하고 잘해 봐."

타카와시는 담담히 말하고서 성큼성큼 복도를 걸어갔다.

라이프워크면 역시 드레인이 인생을 휘두르는 거 아닌가…? 그렇게 생각하며 나는 타카와시의 1미터 뒤에서 따라갔다.

그 후, 나와 타카와시는 특별한 사고도 없이 첫날에 할 설명을 전부 끝냈다.

대답 자체가 없었던 후보에게는 이튿날 확인하러 갔다. 타카와시의 의욕은 끝까지 낮았으나, 그렇다고 일을 땡땡이치지도 않았다. 설명은 대부분 내가 했지만….

일단 이벤트를 열 수 있을 정도로는 이능력자가 모이게 되었다.

나도 타카와시도 참가 교섭 정도에 애먹지는 않게 된 것이다.

"응, 고마워…. 근데 같은 반이니까 교실에서 보고하면 되지 않아?"

교실에서 말해도 되는데, 타카와시는 굳이 방과 후 학생회실에 가서 작업이 무사히 종료됐음을 보고하여 에리아스에게 생색을 냈다.

심지어 혼자 가는 게 아니라 나랑 아이카, 시오노미야까지 인관연 멤버를 전부 대동했다. 기말고사까지 얼마 안 남았는데 학생회실에 가게 했다.

에리아스의 얼굴에는 '이 녀석들, 뭐 하러 온 거지'라고 적혀 있었다.

솔직히 나도 그렇게 생각하기에 마음은 대강 이해했다.

"이걸로 다 끝난 건 아니야. 이벤트 당일까지 열흘 정도 남았고, 다음 작업도 얘기해 두는 게 좋겠지."

다음 작업이라는 말을 듣고 흠칫했다.

"그렇죠! 나리히라 군, 비품 구매, 함께 힘내요!"

곧장 날아온 아이카의 말을 듣고 또 흠칫했다.

어째선지 지금부터 나쁜 짓을 하려는 것 같은, 그런 안절부절못하게 되는 기분이 들었다.

“응…. 확실하게 비품을 사 오자.”

삑사리가 날 뻔했다.

아이카가 눈치채진 않았을까. 어떻게 생각해도 같은 동아리 사람을 대하는 태도는 아니었다. 내가 보기에도 과하게 의식하고 있었다.

“아, 그레 군은 상품 안 골라도 돼. 아무도 그레 군의 센스를 기대하지 않으니까 안심해.”

“배려하는 척 디스하지 마.”

센스 없는 게 사실이어도 표현을 달리할 수 있잖아. 바보에게 바보라고 하는 건 불온한 짓이다.

타카와시가 에리아스에게 향해 있던 몸을 내 쪽으로 돌렸다.

“그레 군은 지갑을 단속하는 역할이야. 아야메이케가 너무 낭비하지 않는지 체크하는 거지. 귀엽다면서 턱없이 비싼 걸 사려고 하면, 질로 승부를 볼 필요는 없으니 허접해도 저렴한 걸 사자고 제안해. 저렴하더라도 100엔숍에서 낭비하려고 하면 이것도 확실하게 막고. 내버려 두면 쓸데없는 것까지 살지도 모르니까.”

나를 향한 디스에 불만을 표했더니 아이카를 향한 디스도 추가되었다.

다들 불행해지면 공평하다는 식의 발상은 좋지 않다고 생각한다.

"아이참. 에링, 아이카를 안 믿는군요."

아이카가 의도적으로 그러는 것처럼, 아니, 의도적으로 뺨을 부풀렸다.

"아이카도 제대로 구매할 수…."

"응, 안 믿어."

"시차 두고 부정하지 마!"

아이카의 말과 살짝 겹쳤다.

"타인을 과하게 믿는 건 자신에 대한 안일함과 같아. 늘 최악의 경우를 상정함으로써 좋지 못한 사태에도 대처할 수 있도록 하는 것, 그게 바로 지능 있는 인간의 방식이야. 그러니까 아야메이케를 믿지는 않지만, 인격을 부정하는 건 아니란 거지. 그건 착각하지 말아 줘."

머리로는 이해하지만, 동의하고 싶지 않은 표현 방식이다!

다만 아이카는 이런 말을 들으면서도 타카와시의 상냥함을 헤아렸는지,

"네~! 에링의 애정을 느낄 수 있었어요!"

하고 웃으며 대답했다.

시오노미야도 흐뭇한 광경을 보는 듯한 얼굴을 하고 있었으니, 정말로 애정이 담겨 있었을 것이다. 그 애정, 너무 알기 어

렵지만.

아이카는 납득한 듯했으나, 한마디 해 주자고 생각했다.

"그렇게까지 아이카를 구속할 거면… 그냥 네가 아이카랑 같이 가면 되는 거 아니야?"

타카와시가 나를 흘깃 보더니 말했다.

"나는 상관없는데, 그레 군은 괜찮겠어?"

짧지만 크리티컬한 역습이었다….

말을 잘못했다. 그렇게 평할 수밖에 없는 실언이었다.

아이카와 함께 쇼핑할 기회가 날아간다…. 어디까지나 타카와시가 나름대로 신경 써 준 결과 얻게 된 기회였다.

"아, 아니… 내가 갈게."

최대한 평정심을 가장하고서 그렇게 대답했다. 삑사리가 나거나 목소리가 잠기진 않았을 터다.

"알면 됐어."

타카와시는 만족했는지 아까보다는 부드러운 목소리로 대답했다.

"너희들, 학생회실에서 싸우지 말아 줄래?"

계속 소외당한 에리아스가 불평했다.

"드리코는 학생회장으로서 뭔가 할 말 없어?"

예상치 못한 말을 듣고 에리아스가 눈을 끔뻑거렸다. 완전히 타카와시가 비선 실세로 보였다.

"갑자기 말 돌리지 말아 줘…. 아, 그래. 학생회 예산을 쓰는 거니까 제대로 영수증 받아 와."

자비로 사는 게 아니라 학교의 돈을 쓴다고 생각하면, 확실히 100엔숍에서 쓸데없는 물건을 사는 건 안 될 것 같다.

하지만 타카와시는 환멸을 느꼈다는 얼굴로 에리아스 쪽을 힐끔 노려보았다.

"싸우고 있다는 생각이 들면 눈치껏 더 장작을 넣어 줘야지. 재미없게."

"타카와시는 성격을 어떻게 좀 하는 게 좋지 않을까…?"

타카와시가 너무 사악해서 에리아스가 반쯤 공포를 느끼고 있었다.

인관연 멤버의 인내심이 얼마나 강한지 잘 알겠지? 나도 아이카도 시오노미야도 이걸 견디고 있단다.

하지만 공격받는 건 압도적으로 나인가…. 견디고 있는 사람은 나뿐일지도….

학생회실을 나와 앞서 걸어가던 아이카가 또 맨 끝에 있는 나를 돌아보았다.

"나리히라 군, 비품 언제 사러 갈까요?"

살짝 허리를 숙여서 내 얼굴을 들여다보며 물었다.

앞에 있는 타카와시, 시오노미야와 거리가 꽤 벌어져 있었다.

시간이 있다면 지금 당장 가자고 말하려다가 자신을 만류했다. 그렇게 단시간에 해치우는 건 뭔가 아깝다.

"이번 주말은 어떠냐고 말하고 싶지만, 그 직후에 시험이지…."

의상 담당에게도 시간은 줘야 하고, 더 빠른 편이 낫다.

"내일도 좋아요. 시험 때문에 내일부터 수업도 오전만 하고 끝날 테니까요."

그거다! 할 수 있는 일은 빨리 하는 게 좋다.

"내일 가자."

말하고 나서, 오늘은 내일 할 공부까지 한꺼번에 해 두자고 생각했다.

그리고 내 목소리는 좀 작았다. 인관연뿐만 아니라 학생회도 공인한 일이라 비밀도 뭣도 아니지만, 복도에 너무 울리지 않았으면 좋겠다고 생각하는 내가 있었다.

"네! 알겠어요! 확실하게 구매해요!"

아이카의 대답은 복도에 또렷하게 울려 퍼졌다.

앞서가던 타카와시가 일순 이쪽을 돌아보았지만, 곧바로 관심 없다는 듯 앞을 보았다.

타카와시 나름의 성원일지도 모른다고 호의적으로 해석했다.

물리적으로
고립된
나의 고교생활

3 여자랑 둘이서 카페에 들어가면 커플로 보이려나 의식하게 된단 말이지

나는 일단 집에 짐을 두고 나서 약속 장소로 향했다.

남쪽 출구에 자전거를 세우고, 개찰구 옆을 지나, 하치오지역 북쪽 출구의 계단과 에스컬레이터를 내려간 곳으로 향했다.

나 말고도 고등학생으로 보이는 녀석이나 대학생인 듯한 무리가 꽤 있었다. 이곳은 고등학교나 대학의 동아리가 집합 장소로 흔히 이용하는 곳이었다.

12월이지만, 아직 그렇게까지 춥지 않았다. 나는 얇은 회색 재킷을 입고서 그곳에 섰다. 학교에서 바로 왔다고 치고 교복을 입고 와도 됐겠지만, 일부러 갈아입고 왔다. 개인적으로는 멋있다고 여기는 차림이었다.

수요일 오후 한 시 반. 내 옆에서 기다리던 남자 쪽으로 애인인 듯한 여자가 오더니 어딘가로 함께 사라졌다. 저 녀석들, 시험은 끝난 건가. 참고로 나는 어젯밤에 새벽 두 시 넘어서까지 시험공부를 했다. 잠이 조금 부족하지만, 어차피 오늘 아이카를 만나는 것 때문에 들떠서 제대로 자지 못했을 테니 딱 좋았다.

평일인데도 데이트 약속을 한 것 같은 사람들이 간간이 있었다. 지나가는 사람이 보기에는 나도 데이트 상대를 기다리는 것 같지 않을까. 아니, 이건 아주 확대 해석하면 방과 후 데이트에 들어갈지도 모른다.

내 옷을 보았다. 일단 귀가해서 사복으로 갈아입고 와 버렸다. 멍청한 놈. 적어도 교복 차림이었으면 방과 후 데이트처럼 보였을 텐데….

역에 붙어 있는 쇼핑몰 곳곳에서 '12/24'이라는 숫자가 춤추고 있었다.

말할 것도 없이 올해가 이제 한 달도 안 남았다. 시오노미야는 다이후쿠와 사귈지 말지 머지않아 대답할 거라고 했다.

나도 올해 안에 아이카와 사귀게 되면 좋겠다.

아니지.

'사귀게 되면 좋겠다'라니. 남의 일이 아니라고. 사귀려면 내가 행동해야 한다. 고백해야 한다. 여자에게 고백받는 것은 일부 미남의 특권이다. 그런 걸 기대하지 마.

스마트폰을 볼 마음도 안 들어서 머릿속으로 멍하니 고백을 시뮬레이션해 봤다.

'나는 드레인을 가지고 있지만, 아이카를 좋아해!'

머릿속의 나는 그렇게 말했다.

자기 채점을 하자면 40점. 아니, 너무 많이 줬다. 30점.

"왜 부정적인 정보부터 들어가는 거야…."

나도 모르게 소리 내서 말했다.

자신이 상처받지 않으려고 하는 그런 잔재주는 필요 없다. 그건 상대를 위한 일이 아니라 자신을 위한 일일 뿐이다. 그 시점에 고백으로서는 최악이다. 당신보다도 일단 나 자신을 생각한다는 고백을 받고 기뻐할 사람이 있을까?

하지만 드레인을 가졌다는 사실을 지울 수는 없어서….

특훈을 시켜 주고 있는 묘조 선배는 어떻게든 될지도 모른다고 했지만, 대충대충을 여학생으로 의인화한 것 같은 존재라 그다지 신용이 가지는 않았다.

그때, 눈앞이 갑자기 캄캄해졌다.

그리고 눈가에서 복슬복슬한 천 같은 게 느껴졌다.

"누구~게."

내 뒤라고 할까, 옆에서 그런 목소리가 들렸다.

퀴즈라고 하기에는 너무 쉬웠다. 누구인지는 목소리로 간단히 알 수 있었다.

알 수 있지만… 동요는 했다.

"아, 아… 아이카?"

시야가 다시 확 트였다.

장갑 낀 손을 흔들고 있는 아이카가 내 앞으로 이동했다.

아이카는 교복 차림이었는데, 딱 봐도 따뜻할 것 같은 두툼한 장갑을 끼고 목도리를 두르고 있었다. 치마를 입은지라 다리가 추워 보이는데, 여자는 익숙한 걸까.

"후후후, 살짝 장난쳐 봤어요~ 트릭 오어 트릿인 거죠."

"그러면 할로윈으로 돌아가게 되고, 트릭 요소밖에 없잖아."

콩닥거리면서도 어떻게든 그 말만은 했다. 초등학생도 탈 수 있는 제트 코스터에 탔을 때보다도 심장에 안 좋았다.

여자가, 심지어 미소녀가 '누구~게'를 해 줬다.

고등학교에 막 입학했을 무렵에는 상상도 할 수 없었던 이벤트였다.

이제 3분 후에 철골이 떨어져서 나 죽는 거 아닐까…? 아니면 이미 사고를 당해 병원 침대에서 꿈을 꾸고 있는 건 아닐까…?

"아이카, 드레인이 있으니까 너무 접근하는 건…."

아이카는 오른손 검지를 세워서 좌우로 까딱까딱 움직였다.

"말하지 않아도 알아요. 이렇게 짧은 시간에 위험해지진 않는다니까요. 나리히라 군이 정답을 5분이나 고민했다면 또 달랐겠지만."

"하, 하긴, 새삼스러운 얘기인가."

이미 아이카의 몸은 목적지 쪽으로 한 걸음 나가 있었다.

"자, 우선 산초판사에 가요!"

솔직히 말하자면 어딘가 방에 들어가서 '누구~게'의 여운을 15분쯤 음미하고 싶었지만, 그런 게 가능할 리 없었다.

양판점 산초판사는 역에서 보행자 천국인 상점가를 3분쯤 걷고 횡단보도를 한 번 건넌 곳에 있었다.

또한 산초판사를 무시하고 쭉 걸어가면, 할로윈 이벤트 때도 썼고 이번 크리스마스 이벤트에도 쓰이는 야외무대에 도착한다.

이 근처를 돌아다니면 고등학생에게 필요한 것은 웬만하면 다 얻을 수 있었다. 하긴, 어느 동네나 그건 똑같나. 교외로 갈수록 사람도 가게도 줄어들겠지.

가게에 들어가니 선전과 안내 음성이 시끄러울 정도로 방송되고 있었다. 아마 일부러 시끄럽게 틀었을 것이다. 조용한 분위기에 잠기고 싶은 사람이 여기 오지는 않을 거다.

"아, 크리스마스 코너는 이 층인 것 같아요."

나는 아이카와 적당한 거리를 두고서 따라갔다. 내 존재 의의가 벌써 의심스럽지만, 어차피 내가 할 일은 아이카가 과소비하거나 비싼 물건을 사지 않게 감시하는 것이니 틀린 건 아니다.

크리스마스 코너는 멀리서 봐도 빨간색과 초록색이 아주 많았다.

트롤리 안에 상품이 난잡하게 처박혀 있었다.

그 요란스러운 색만으로도 크리스마스의 효험이 있을 것 같았다. 이쯤 되면 산타클로스는 신이나 마찬가지니까 효험도 있을 거다.

"아, 산타 모자 저렴해요~ 이 가격이면 무대에 오르는 모두가 쓸 수 있겠어요."

아이카는 딱 봐도 싸구려 티가 나는 빨간 산타 모자를 직접 썼다.

추잡하게 들릴지도 모르니까 소리 내어 말하지는 않을 거지만, 코스프레 같은 느낌이 들었다. 아니지, 직업이 산타클로스라고 하는 사람은 보통 없을 테니, 산타 복장을 하면 거의 다 코스프레인가?

"나리히라 군, 잘 어울리나요?"

"상상 이상으로 잘 어울려."

잘 어울리느냐 마느냐가 아니라 예쁘다고 대답하고 싶었지만, 그건 너무 나간 것 같아서 말할 수 없었다.

아이카는 산타 모자를 하나 더 들고 내게 다가오더니 나에게 휙 씌웠다.

"자, 나리히라 군도 써 봐요."

산타 모자에 달린 동그란 경단 같은 것이 얼굴 옆으로 내려왔다.

"응응, 나리히라 군도 느낌이 괜찮아요. 날 때부터 산타였던 것 같아요."

"그거, 하얀 수염이 난 채로 태어났다는 거야? 애늙은이 수준을 넘어섰잖아."

타카와시라면 '아이가 빨간 옷을 입고 태어나다니 너무 무섭다'라며 좀 더 매서운 표현으로 이상한 점을 지적했을 것 같지만, 나는 더 가벼웠다. 타카와시만큼 공격적인 발언은 보통 싸움을 일으킨다.

아이카는 이번엔 같은 트롤리에 들어 있던 순록뿔 머리띠를 장착했다.

어쩌면 완전 똑같은 머리띠가 나라 현의 관광지에서 사슴뿔 머리띠로 팔리고 있을지도 모르지만, 이 시기에 쓰면 순록뿔이다. 그냥 그런 거다.

"이거 꽤 조이네요. 계속 쓰고 있으면 꽉 눌려서 머리가 아플 것 같아요."

아이카가 관자놀이 부근을 가볍게 눌렀는데, 곤란해 보이는 그 얼굴도 예뻤다.

또 '잘 어울린다'가 아니라 '예쁘다'라는 감상이 되어 버렸다.

그리고 아이카는 그 순록뿔 머리띠도 모자를 벗은 내 머리에

씌웠다.

이 시착(?)에 의미가 있는지 모르겠지만, 의미가 없어도 즐거우니까 됐다.

"응응, 나리히라 군, 날 때부터 순록이었던 것 같아요."

"그쯤 되면 인류가 아니라 순록인데."

나는 평정심을 가장하고 있었지만… 솔직히 얼굴이 헤벌쭉해질 것 같아서 참고 있었다.

즐거워하는 표정이라면 아무런 문제도 없다. 하지만 헤벌쭉 웃는 건 이상하니까 안 된다. 아이카가 혐오할 거다!

어떻게 해석해도 지금 우리는 데이트하는 것처럼 보이지 않을까. 아니, 데이트하는 남녀도 모든 커플이 이렇게까지 명랑하게 보내지는 않을 거다. 의외로 애정이 식어서 각자 다른 스마트폰 게임을 하는 커플도 세상에는 있다.

그렇게 생각하니 평소보다 더 아이카를 의식하게 되었다.

얼굴을 직시할 수 없었다. 옆에서 살피는 모습이 되어 버렸다.

나중에 타카와시에게 금일봉이라도 줘야 하는 게 아닐까. 개인적으로는 도저히 가격을 매길 수 없는 체험이지만.

이곳에 즉석 다실이 있었으면 좋겠다. 한동안 멍하니 정원을 바라보고 싶다.

여운을, 이 행복의 여운을 진득하게 맛보고 싶다. 기억에 오래 남기고 싶다!

하지만 아이카는 순록뿔 머리띠를 벗고 더 안쪽으로 들어갔다. 아이카에게는 여운에 잠길 요소 따위 전혀 없으니 당연했다.

“나리히라 군, 이쪽에 산타복이 있어요. 입어 볼게요!”

싸구려 옷감이어도 상관없다.

아이카가 산타복을 입고 있다.

그것만으로도 선물이라는 생각이 들었다.

오히려 내가 아이카에게 선물을 줘야 할 것 같았다.

“나리히라 군, 이건 어울리나요?”

“예뻐.”

저질렀다.

결국 ‘예뻐’라고 말해 버렸다….

“네? 아… 잘 어울린다는 거죠?! 그럼 이걸 몇 벌 살까요~?”

아이카는 일순 얼떨떨해했지만, 그 자리에서 빙글빙글 턴하여 등을 돌렸다.

다, 다행이다…. 예쁜 건 사실이어도 미묘한 분위기가 될 뻔했다.

예쁘다는 말은 좀 더 캐주얼한 분위기에서 해야 한다. ‘잘 어울려요?’ ‘응, 잘 어울려, 잘 어울려! 예뻐!’ 정도로 가볍게 말해야 한다. 방심해서 마음의 소리가 완전히 새어 나왔다.

이게 일이라는 생각은 이제 머릿속에서 완전히 사라진 상태였다. 이 시간을 흡족하게 보낼 수 있다면 그걸로 좋다는 생각마저 들었다.

모자뿐만 아니라 아예 아이카를 위해 산타복 세트를 사도 좋지 않을까?

"호오~ 한 벌에 4천 엔인가요~"

하지만 구체적인 금액이 들리자 내 의식은 다시 일로 돌아왔다.

혹시 몰라서 나도 아이카 쪽으로 다가가 가격표를 직접 확인했다.

4천 엔. 심지어 부가세 별도.

비교적 비싸다. 네 벌이면 16,000엔을 넘는다. 산타복만 사는 거라면 또 모를까, 우리가 할 이벤트 전체의 비품을 사야 했다. 확실하게 예산 초과다.

"아이카, 사지 말자. 그냥 모자만 전부 사는 방향으로…."

살펴본 아이카의 얼굴은 산타복 못지않게 빨개져 있었다. 조금 전까지 짓고 있었던 즐거워 보이는 표정보다는 좀 더 긴장이 큰 것 같았다.

"어라? 아이카, 얼굴이 빨개. 감기 기운 있는 거 아니야…?"

나는 그렇게 말하며 아이카에게서 한 걸음 물러났다. 드레인은 컨디션이 안 좋은 사람에게 더 잘 듣는다.

"아… 아뇨, 살짝 기습을 받아서… 아니, 그게 아니라, 난방

이 너무 잘된다고 생각했을 뿐이에요. 컨디션은 나쁘지 않아요!"

황급히 그렇게 말한 아이카의 얼굴에는 웃음이 돌아와 있었다. 정말로 별일 아니었던 모양이다. 자기 거라고 주장하듯 산타복을 양손으로 잡고 있었다.

"4천 엔이면 저렴한 편인 것 같은데요~"

"확실히 파티 굿즈는 시세를 알기 어렵지만, 크리스마스에만 입을 수 있다는 걸 고려하는 게 좋지 않을까…. 한 벌만 살 수도 없고…."

"그런가요~ 알겠어요. 그럼 이쪽은 어때요?"

아이카가 대신 집어 든 산타복은 확실히 4천 엔짜리보다 천이 많이 적은 간략화된 옷이었다. 응? 치마 같은 게 달려 있는데.

미니스커트 산타복이었다.

법에 저촉되지는 않지만, 전체적으로 야한 옷!

저걸 입어 줬으면 좋겠다. 남자라면 당연히 그렇게 생각한다. 애초에 나는 아이카가 이런 미니스커트 산타복을 입은 모습을 저번에 머릿속으로 상상했을 정도다.

하지만 말할 수 없다!

공사를 혼동해선 안 된다. 그리고 아이카의 신뢰도 잃을 거다….

"이쪽은 2,500엔이네요~ 꽤 저렴해져요."

"뭐, 저렴해지긴 하지만… 그… 공적인 행사니까…."

"한번 입어 볼게요."

그때, 나는 죄를 지었다.

행사에 적합하지 않으니까 그만두자고 확실히 말할 수 있었다. 하지만 아이카의 미니스커트 산타 차림이 보고 싶어서 말리지 않았다.

응… 법에 저촉되지는 않지만, 죄를 지었다.

몇 분 후, 아이카가 내 쪽으로 왔다.

"나리히라 군, 어때요? 아주 움직이기 편해요!"

인간의 상상(이 경우에는 망상에 더 가깝다)을 현실이 웃도는 일은 거의 없다고 생각하는데, 상상 그 이상이었다.

일단 치마가 상상했던 것보다 훨씬 짧았다. 팬티를 보여 주기 위한 기장이라는 생각밖에 안 들었다. 그리고 옷감의 싸구려 느낌이 오히려 야한 인상을 주는 것 같았다…. 초고급 브랜드의 미니스커트 산타복 같은 건 아마 없겠지만.

이거, 산타클로스를 믿고 선물을 기다리는 무구한 아이들에 대한 모독이 아닐까. 하지만 그것도 배덕감이 있어서 좋으려나….

가슴이 두근거렸다.

역시 나는 아이카를 사랑하는 건가?

아니, 이건 의미가 다르다는 걸 바로 알았다….

나는 오른손으로 눈을 덮었다. 가능하다면 좀 더 응시하고 싶었지만, 그럴 수도 없었다.

“나리히라 군, 왜 그래요?”

“아이카, 그거… 좋지 않아.”

“그런가요? 아이카가 보기엔 귀여운데요.”

이래서는 안 전해지나. 웬만하면 말로 표현하지 않고 전하고 싶었지만, 그럴 수도 없을 것 같다.

“그게… 매혹화가 발동해서 진짜 안 돼….”

이성이 마구 공격받고 있었다! 충동적으로 이런 곳에서 좋아한다고 말할 것 같았다! 네가 뭘 쌓아 올렸냐고 하면 괴롭지만, 어쨌든 쌓아 올린 것이 여러 가지로 물거품이 된다!

“아!”

당황한 것 같은 아이카의 목소리가 들렸다.

아이카도 퍼뜩 자신의 허벅지 부근으로 시선을 떨어뜨렸다(나는 오른손으로 눈을 가리고 있었지만, 손가락 사이는 벌어져 있었기에 결국 그럭저럭 보였다).

“그러네요…. 아이카가 경솔했어요! 갈아입고 올게요!”

아이카의 얼굴에 일순 그늘이 졌던 것 같지만, 바로 탈의실로 달려가서 확실하게는 알 수 없었다.

잠시 혼자만의 시간이 생겼기에 다소 사색적이 되었다. 이것도 현자 타임에 포함되는 걸까.

앞으로 나는 아이카의 매혹화를 어떻게 극복하면 좋을까?

아이카가 예쁘다는 게 얼마나 큰 난적인지 새삼 깨닫고 아연실색했다. 매혹화의 영향을 받지 않고 아이카라는 여자를 좋아할 수 있는 걸까? 애초에 이론적으로 가능한가?

분명 아이카도 신경 쓸 거다. 신경을 안 쓸 리가 없다. 하루라도 이능력을 잊고 사는 건 불가능하다. 드레인을 잊고 살지 못하는 내가 누구보다도 잘 안다.

아니, 그런 건 사귀고 나서 생각하면 될 일이다. 지금 내가 생각할 일은 아니다. 그래서 사귄다면….

"나리히라 군, 기다렸죠~"

그때 아이카가 와서 안도했다. 생각만으로 일을 움직이면 폭주하기 쉽다. 오늘 고백하자는 결론에 이를 뻔했다.

곧 크리스마스인데 그보다 먼저 움직일 필요는 없다. 응, 그게 옳다. …아마도.

아이카는 변함없이 즐거워 보이는 표정이었다. 이쪽도 안심했다.

"뭘 사면 좋을까요? 아까 입은 산타복은 그 전에 입은 산타복보다 저렴한데요."

"아이카, 비용 절감은 중요하지만, 옷감 절감은 좋지 않아. 애초에 학교 돈이고."

만약 이대로 미니스커트 산타복을 타카와시가 입게 되기라도 한다면, 타카와시는 나를 후세까지 저주할 거다.

"그런가요. 아이카는 좋았는데~"

아이카는 미련이 남는다는 표정을 지었지만(정말로 그런 옷을 갖고 싶었나 하는 생각도 드는데, 이 표정을 보면 진심인 것 같다), 뭔가 생각이 떠올랐는지 짝 손뼉을 쳤다.

"알겠어요! 그럼 옷감만 사요!"

그렇게 말하고서 마네킹이 입고 있는 산타복을 스마트폰으로 찰칵찰칵 촬영했다.

"어…? 이걸 직접 만들려면 꽤 힘들걸?"

그리고 한 벌이면 모를까, 몇 벌이나 만들 시간은 없을 거다.

"아이카의 반에 실과 바늘을 조종할 수 있는 이능력자가 있거든요. 그 친구한테 부탁하면 모조 산타복 정도는 만들어낼 수 있을 거예요."

그러고 보니 세이고는 이능력자 학교였다. 그런 당연한 사실을 실감했다.

아이카처럼 교우 관계가 넓으면 힘을 빌리는 것도 가능하다.

나도 아이카만큼 넓은 교우 관계를 갖게 되는 날이… 올 일은 없겠지. 그건 다른 차원의 노력이 필요하다….

비용을 많이 들이지 않을 수 있다면 내 임무는 달성되므로, 아이카에게는 옷감을 중점적으로 사게 했다.

그랬는데도 100엔숍까지 가서 장식품을 사고 나니 그럭저럭 값이 나갔지만, 낭비라고 할 정도는 아니었다. 타카와시에게 불평을 듣더라도 잔소리 정도로 끝날 것이다. 타카와시의 잔소리라면 늘 있는 일이기에 듣는 축에도 들지 않는다.

"대충 다 산 것 같아요!"

아이카의 오른손에 복식 용품 전문점의 봉지가 하나, 내 양손에도 비슷한 게 하나씩 있었다.

거의 천이라서 부피는 있어도 무겁지 않지만, 아이카가 한 개 정도는 자기가 들겠다며 양보하지 않았다.

시각은 오후 세 시 반쯤.

꿈같은 유사 데이트의 시간도 지나고 보니 고작 두 시간 정도였다.

그럼 이제 해산이네.

그런 말이 목구멍까지 올라와서 일단 다시 삼켰다.

너무 사무적이다. 얼마나 센스 없는 남자가 되려는 거야. 잠깐 쉬고 가자며 어딘가 근사한 가게에 안내라도 해야 한다. 여자를 대하는 게 꽝이라고 하기 이전에 인간적으로 꽝이다.

하지만 괜찮은 가게가 떠오르지 않았다. 이 동네에서 17년을 살았어도 떠오르지 않았다.

드레인이 발현된 뒤로 좁은 점포는 신경 쓰여서 들어가지 못했다. 내가 아는 건 테이크아웃이 가능한 가게뿐이었다.

패밀리 레스토랑에라도 들어갈까.

그런 무난한 말로 넘어가려고 했더니, 먼저 아이카가 도움의 손길을 내밀어 줬다.

"시간도 어중간한데, 괜찮다면 조금 돌아다니지 않을래요?"

아이카는 웃고 있었지만, 들뜬 모습은 아니었다. 오히려 나보다 몇 살 연상으로 보였다.

"…응. 어디라도 갈까."

여자에게 에스코트 받는다. 내 현재 상황은 딱 이 정도였다.

목적이 애매해진 채로 단둘이 있다. 어쩌면 수학여행 때 얘기가 나올지도 모른다고 생각했다. 화제로 꺼낼 수 있을 것 같으면 은근슬쩍 내가 직접 수학여행 때 얘기를 꺼내도 괜찮겠다고 생각했다.

하지만 걷기 시작하자마자 아이카의 시선이 가게 앞에 있는 광고판에 쏠렸다.

그럭저럭 가격대가 높은 커피 체인점이었다. 케이크와 파르페의 종류도 다양하여 디저트 가게로서도 기능하고 있었다.

"아! 크리스마스 한정 디저트라고 적혀 있어요! 나리히라 군, 여기 들어가요!"

"타카와시가 있었다면 '자본주의에 보기 좋게 놀아나는 대중 흉내를 잘 내네'라고 말했을 거야."

그 녀석은 기간 한정 같은 것을 싫어하는 경향이 있었다. 본인 왈, '가게 측이 멋대로 기간을 한정하고 있잖아. 가게의 사정일 뿐이면서 특별한 느낌을 내지 말라는 거야'라고 했다. 하고 싶은 말은 알겠지만, 그렇게 세상일에 분개하는 것도 피곤하지 않나.

"나리히라 군, 너무해요~"

아이카가 뺨을 살짝 부풀렸다. 못생겨지지 않는 선에서 멈추고 있었다. 이런 것도 연습이 필요한 걸까. 예쁜 여자는 의식하지 않아도 저절로 되는 걸까. 남자가 하면 징그러워서 본인이 죽을 것 같지만, 궁금하다.

"그거, 에링이 아니라 나리히라 군의 생각 아니에요? 크리스마스 한정이라는 것에 저항감을 가지고 있지 않아요?"

"아니, 나는 오히려 유행의 파도에 순순히 올라타고 싶어 해. 굳이 따지자면 올라타지 못해서 분하다고 생각하는 쪽이야…."

이러니저러니 해도 타카와시와 본바탕은 똑같다는 생각도 들지만, 미묘하게 다르다.

"그럼 올라타요. 들어가요. 즐기는 자가 이기는 거예요!"

아이카는 내 대답을 기다리지 않고 카페에 들어갔다.

그렇지. 즐기지 못하는 나와 즐기고 있는 아이카가 붙는다면 아이카의 승리다.

창가 쪽 테이블석이 비어 있어서, 아이카가 점원에게 확인받고 앉았다.

완전히 아이카에게 휘둘리고 있는 느낌이지만, 그런 상황을 기뻐하고 있는 면이 확실히 있었다.

차라리 이대로 전부 휘둘러 주면 좋겠다. 사귀자고 말해 주면 좋겠다. 그러면 나는 곤혹스러워하면서도 어떻게든 힘껏 보조를 맞추려고 할 테니까. 그 정도라면 나도 할 수 있을 테니까….

내가 생각하기에도 궁상맞은 사고방식이었다. 하나부터 열까지 수동적이었다. 마음속 타카와시가 '경멸스러운 인간성이네'라고 말했다. 그 말을 무겁게 받아들이고 싶다.

그렇게 셀프 반성을 하는 사이에 크리스마스 한정이라는 디저트가 나왔다. 케이크와 음료를 합쳐서 둘로 나눈 거였다.

"꽤 양이 많네…. 만약 눈으로 본 음식의 칼로리를 순식간에 판단할 수 있는 이능력자가 봤다면 충격받았을 거야."

"나리히라 군, 오늘의 금지 단어에 '칼로리'를 추가할게요."

아이카가 따끔하게 주의를 줬다. 하지만 아이카는 먹어도 살 안 찌는 체질이잖아, 하고 말하려다가, 그건 걷기 힘든 저습지에 굳이 뛰어들어 게릴라 부대에게 공격받는 것만큼 어리석은 행위라는 생각이 들어서 그만뒀다.

테이블이 작기도 해서 아이카나 다른 손님과의 거리도 신경 쓰였지만, 유해하다고 말할 정도는 아닐 터다.

묘조 선배와 하는 특훈의 성과가 갑자기 나타나진 않겠지만,

드레인이 오프 상태가 되도록 염원해 보았다.

눈앞에서는 아이카가 한정 디저트를 스푼으로 떠서 입에 넣고 있었다.

"응! 이 몽블랑, 크림이 달아요!"

"근데 어느 부분이 크리스마스 사양인 거야? 전나무 분말이라도 들어 있나?"

"나리히라 군, 발상이 에링이랑 비슷한 것 같아요."

아이카가 또 주의를 줬다. 작년까지 제대로 크리스마스를 보내지 못했기에 비뚤어진 면이 남아 있을지도 모른다. 하지만 나는 타카와시만큼 공격적이지 않고, 악의도 없다. 비슷해 보여도 다르다.

"되도록 조심할게…."

달콤한 디저트는 오랜만에 먹었다. 양적으로도 속이 좀 더부룩할 것 같았다. 어쩐지 맛도 점점 모르겠다. 디저트보다 아이카의 일거수일투족에 주목하게 됐다.

데이트 같다고 솔직하게 기쁨에 잠길 수 없는 것은 카페에 있는 게 어색한 탓일지도 모른다.

"응, 이 카페도 괜찮네요. 데이트하기에."

스푼을 입에서 뺀 아이카가 스치듯이 말했다.

완전한 기습이라 무슨 말을 들었는지 이해할 수 없었다.

비유하자면, 검객의 공격을 받고 목이 떨어졌다는 걸 아직 눈치채지 못한 악역 같은 느낌이었다.

…방금, 데이트라고 했어?

아이카는 이 순간을 데이트로 인식하고 있다는 건가?

무의식적으로 입이 벌어졌다. 산소가 부족했다.

확인해야 하지만, 어떻게 물어봐야 하지? 어떻게 물어보는 게 좋지?

"란란도 다이후쿠 군이랑 이 근처 가게에서 데이트를 시작해 나가면 돼요. 굳이 신주쿠나 시부야에 가지 않아도 괜찮아요."

아, 다이후쿠랑 시오노미야 얘기인가….

위험했다…. 성급하게 굴고 치명상을 입을 뻔했다….

"선거 기간 중에 아이카는 란란이랑 같이 하교했었잖아요. 여러 가지 얘기를 들었거든요. 대부분은 여자들만의 비밀이지만."

아이카는 검지끼리 교차하여 작은 엑스를 만들었다.

"아아, 그 얘기가 안 나오는 게 더 부자연스럽지."

구체적인 내용이 매우 궁금하지만, 가르쳐 줄 리가 없다.

"란란, 아주 진지하게 다이후쿠 군을 생각하고 있어요. 그것만으로도 다이후쿠 군은 행복한 사람이라고 생각해요. 사귀면서도 그렇게 진지하게 생각하지 않는 커플도 많을 테고."

어느 정도 얘기하고서, 아이카는 다시 스푼을 입으로 가져갔다.

"그건, 그럴지도 몰라."

사귄다는 것은 결국 계약 행위 같은 게 아닐까.

편의점에서 삼각김밥을 살 때, 삼각김밥에 대한 뜨거운 마음을 전하지 않더라도 정가만큼의 돈을 내면 구입할 수 있는 것처럼, 두 사람이 사귀기로 한다면 그걸로 되는 거다.

이상한 얘기지만, 두 사람이 심심풀이로 사귀자고 생각해도 사귈 수는 있다.

물론 다이후쿠가 순수한 마음으로 사귀고 싶어 한다는 것은 잘 알고 있고, 시오노미야도 가벼운 마음으로 생각할 리 없지만, 그 탓에 오히려 사귀지 못하게 될 수도 있었다.

한동안 아이카가 입속의 디저트를 즐기는 턴이었기에, 나는 편의점 삼각김밥에 빗댄 예시를 말했다.

"나리히라 군의 그런 부분, 역시 살짝 에링 같아요."

아이카는 웃어 주기는 했지만, 그 표현은 자신은 동의할 수 없다고 말하는 것과 같았다. 딱히 논쟁하는 것도 아니고, 분위기가 엉망이 된 것도 아니니까 괜찮지만.

"참고로 어느 부분이 다가와시 같은 거야…? 앞으로 조심하고 싶으니까 가르쳐 줘."

아이카가 스푼을 자기 입에 넣었기에 대답이 나오기까지 조금 시간이 생겼다.

"그렇게 비유하면 연애도 물건을 사고파는 것처럼 명쾌한 것이 되잖아요. 130엔짜리 삼각김밥은 130엔을 내면 품절되지 않은 이상 반드시 손에 들어와요."

"응, 넌 기분 나쁘니까 삼각김밥 안 판다고 하면 나라도 화낼 거야."

"하지만 연애는 그렇게 명쾌하지 않다고 아이카는 생각해요."

아이카는 스푼을 내 얼굴 쪽으로 들었다.

만약 이게 검이었다면 선전 포고가 됐을지도 모르지만, 단순한 스푼이었고 아이카도 미소 짓고 있었다.

"그렇게 명쾌하게 나뉠 수 있다고 생각하느냐 마느냐가, 나리히라 군이나 에링과 아이카의 차이인 것 같아요."

"아니… 나도 사랑은 돈으로 살 수 있다고 말하고 싶은 건 아니야…. 삼각김밥은 그저 비유야. 타카와시는 돈으로 살 수 있다고 말할 것 같기도 하지만…."

내 변명은 바로 수리되었는지, 아이카는 키득키득 웃고서 아래쪽에 있는 딸기 소스를 스푼으로 떴다.

"그렇더라도, 연애를 그렇게 계약 관계로 생각하는 사람은 별로 없어요. 나리히라 군도 별나요."

"그런가. 뭐, 그야 사귀는 녀석들은 대부분 그 상태를 정의하지 않겠지만…."

나도 아이카도 말수가 늘어나 있었다.

연애에 관한 이야기지만, 추상적인 내용이라서 그럴지도 모른다.

연애가 익숙한 녀석은 이런 의논을 하지 않고 좋아한다고 시원하게 말하려나. 연애에 관해 계속 이야기해 봤자 인기를 얻지는 못하겠지.

"근데 아이카는 시오노미야가 다이후쿠랑 사귀었으면 좋겠어?"

새삼스럽지만, 그 부분을 아이카에게 물어본 적은 없었다.

"네. 아이카는 란란과 다이후쿠 군이 잘 어울린다고 생각해요."

아이카는 즉답했다.

"란란이 행복해졌으면 좋겠어요. 그러면 다이후쿠 군도 행복해질 수 있을 테고, 그렇다면 말릴 이유가 없잖아요."

"응응."

입에 디저트가 있었기에 우물거리는 대답이 되었다.

그 말에 이견이 있을 리도 없었다.

"아이카는 두 사람을 응원하고 싶어요!"

하지만 그 응원이라는 말은 살짝 마음에 걸렸다.

그렇다고 내가 아이카의 마음을 부정할 권리 같은 건 어디에도 없으니 뭐라고 할 생각은 없지만.

두 사람의 연애는 두 사람이 어떻게든 할 일이다. 주위 사람들은 방해만 안 하면 된다. 나는 그렇게 생각한다.

연애 관련으로 상담해 온다면 당연히 도와줘야겠지만, 내 쪽에서 너무 참견하는 건 위험하다. 어쨌든 연애니까. 아주 예민한 문제다.

…역시 너무 이론적으로만 생각하는 것 같다. 여러모로 생각이 과하다는 말을 들을지도 모른다.

사소한 것을 고집하는 것. 아싸의 나쁜 버릇이다.

아이카도 시오노미야에게 악영향을 줄 만한 응원을 할 생각은 없을 것이다. 그러니 결과적으로는 내 자세와 거의 다르지 않다. 의논의 도마 위에 올릴 일조차 아니다.

"나는 다이후쿠한테 별로 얘기를 안 듣고 있어. 무시하는 건 아닌데, 남몰래 지켜보는 정도가 딱 좋을 것 같아서. 친구라면 이럴 때 어떻게 하는 걸까 하는 생각은 하지만."

"그렇더라도, 나리히라 군과 다이후쿠 군 사이에는 확실히 우정이 있어요."

아이카는 우정이라는 말을 부끄러워하는 기색도 없이 말했다. 그래서 오히려 내가 부끄러워졌다. 그렇다고 부정하는 것도 뭔가 이상했다.

"그렇지 않았다면 나리히라 군이 선거에 출마하지도 않았겠죠."

아이카의 말을 듣고, 그러고 보니 그렇다고 생각했다.

이제 와서 생각해 보니 특수하기 짝이 없는 방식으로 관여했다….

응원이라기보다 방해로 보일 듯한 일을 해 버렸다.

"그리고 선거 얘기가 나온 김에 말하자면, 나리히라 군이 드리드리를 돕기 위해 했던 그 연설, 아주 멋있었어요!"

아이카가 활짝 웃었다.

기쁘지만 멋쩍었다.

어떻게 해석해도 그건 쓸데없는 참견이었으니까…. 과도한 간섭이었다. 내가 생각하는 이상적인 자세와 바로 모순되었다. 연애와는 다른 일이라고 말할 수도 있지만….

"위험성 높았던 일이 어떻게든 좋은 방향으로 굴러갔을 뿐, 별로 칭찬받을 일도 아니야."

"위험성이 높은 일인데 도망치지 않고 해낸 것만으로도 대단하잖아요. 아이카였다면 도망쳤을 거예요~"

아이카는 살짝 쓴웃음을 지었다.

그 정도는 사소한 것이었을지도 모르지만, 왠지 신경 쓰였다.

도망쳤을 거라니, 아이카가 그런 부정적인 말을 하는 건 드문 일이었다.

애초에 도망치는 아이카를 상상하기 어려웠다.

"아이카가 생각하는 것만큼 대단하진 않아. 아니… 내가 대단한 녀석이 아니라는 걸 알기에, 뭔가 해야겠다 싶어서 출마한 면도 있지…."

내가 하는 말이 너무 비굴한 쪽으로 기울지 않도록 조심했다.

"타카와시도, 다이후쿠도, 시오노미야도, 에리아스도, 이러니저러니 해도 앞으로 한 걸음 내디뎠다는 느낌이 들어서… 나도 뭔가 하지 않으면 혼자 남겨질 것 같았어. 그래서, 그… 부족하다고 생각했기에 나온 행동…이려나?"

굉장히 애매한 표현이 되었다. 확실한 것은 순순히 의기양양하게 굴 수 있는 안건은 아니라는 점이었다.

게다가 선거에 나가서 내 안의 무언가가 바뀌었냐고 묻는다면 알쏭달쏭하고….

적어도 아이카와의 관계성은 동결된 채였다.

하지만.

아아, 또 부정적으로 생각하려고 한다. 이런 부분도 고쳐 나가야겠지.

하지만 (결국 사용하지 않으면 사고가 불가능하다) 크리스마스도 인관연 멤버로서 움직이니까 아이카에게 데이트를 신청할 수도 없고…. 단체 행동이 많다는 것이 꽤 문제가 되고 있었다.

다만 내가 멋대로 자기혐오에 빠져서 괴로워하는 동안에도 아이카는 줄곧 따뜻하게 웃고 있었다.

"나리히라 군은 소극적인 성격일지도 모르지만, 분명하게 앞으로 나아가고 있어요. 100점이에요."

아이카가 다른 사람을 칭찬하지 않는 일은 있을 수 없기에 적당히 걸러서 생각해야 하지만, 그래도 기쁘기는 했다.

"응. 앞으로도 정진해 나가고 싶어."

그래. 앞으로 나아가고 있다. 멈춰 서 있지는 않다.

하지만 아이카와의 관계는 멈춰 서 있단 말이지…. 이건 다른 종류의 어려움이다.

그때, 드물게도 아이카의 미소에 자조적인 쓴웃음이 섞였다.

보고 있던 길고양이가 하품한 것을 목격한 듯한, 유난히 기억에 남는 광경이었다.

"아이카도 좀 더 앞으로 발을 내디뎌야 하는데 말이죠~"

이게 무슨 말도 안 되는 소리지. 나는 그렇게 생각했다.

"아니, 겸손하게 말하는 것도 이상하잖아. 아이카야말로 앞으로, 앞으로 쭉쭉 나아가서… 웬만한 녀석들은 한 바퀴 차이로 따돌리고 있는 차원인걸."

무심코 나나 타카와시 등 구체적인 이름을 넣을 뻔했다가 황급히 '웬만한 녀석들'로 변경했다. 여기서 자학해 봤자 소용없고, 타카와시에게도 실례다.

아이카는 웃으며 오른손 검지로 뺨을 긁적였다. 그 모습이 연기하는 것처럼 보였다.

뭐, 아이카가 시니컬한 감정을 느끼고 있더라도 그렇게까지 심각한 기분은 아닐 것이다. 답이 없다고 느낀다면 쓴웃음도 짓지 못할 테고, 뺨을 긁적이지도 않는다.

"이야~ 이게 꽤 못 쓸 수준이라서요. 그건 아이카가 가장 잘 알아요."

"그렇게 말하면 부정할 수가 없는데… 아아, 그건가."

문득 한 가지 예가 머릿속에 떠올랐다.

"공부를 말하는 거야?"

"나리히라 군, 너무해요! 학력 마운팅은 나쁜 짓이에요!"

아이카는 이번엔 뺨을 부풀리고서 항의했다. 아니, 같은 고등학교에 다니니까 아직 학력은 똑같아….

나는 웃으며 사과했다. 둘 다 진심으로 상대를 헐뜯고자 하는 건 아니었다.

서로 장난칠 수 있는 거리감. 그건 아주 좋은 거였다. 나는 이 세상에 편안한 거리가 있다는 것을 최근 들어서 재인식했다.

"뭐… 곧 있으면 기말고사라서 무섭긴 하지만요…. 얼마 전에는 전 과목에서 낙제점을 받는 꿈을 꿨어요…."

아이카는 테이블에 풀썩 엎드렸다.

"현실이 되지 않게 해."

"나리히라 군, 역시 에링과 비슷해졌어요. 이번에는 단언해요."

아이카가 나직이 말했다.

킬러가 독바늘을 푹 찌른 듯한 치사성을 지닌 일격이었다.

"야, 그거… 상당히 견디기 힘든 비아냥이라고 할까, 모멸 표현이야…."

"개는 주인을 닮는다고 하잖아요."

"하지 마. 그러면 내가 개라는 말이 되니까 하지 마. 그보다 아이카도 말에 가시가 있는 게 타카와시랑 좀 비슷해진 것 같아."

지금 나나 아이카의 머릿속에 타카와시의 얼굴이 떠올라 있을 것이다. '아야메이케는 그렇다 쳐도, 왜 내가 그레 군 따위를 키워야 해?'라고 말할 것 같다.

그때, 아이카와 눈이 마주쳤다.

누가 먼저랄 것도 없이 소리 내어 웃어 버렸다.

"타카와시의 속박이 느껴져. 꽤 악질이야."

"에링은 영향력이 있으니까요~"

응, 타카와시에게는 미안하지만, 공통된 친구를 이용하여 이야기가 즐겁게 흘러가고 있었다. 이대로 시답잖은 이야기를 해나가면 된다.

아니, 그럼 안 되지.

시답잖은 이야기에서 멈춘다면 아무런 진전도 없잖아.

아이카와 함께 보내는 시간을 늘리려고 하란 말이다.

나는 상체를 앞으로 살짝 내밀었다. 물리적으로 아이카에게 너무 가까이 갈 수는 없기에, 내가 할 수 있는 최대한의 의사 표시였다.

"아이카, 같이 시험공부 하지 않을래? …수업 끝나고 시뮬레이션실에서."

응, 시험공부라면 전혀 이상하지 않다. 그리고 시험 직전이어도 아이카와 함께 있을 이유가 생긴다.

"그치만 내일이 벌써 목요일인가…. 주말을 포함해도 나흘밖에 없네. 주말에도 역 앞 카페에서 공부할까?"

시험공부를 위해서라는 대의명분이 생겼기 때문인지, 나도 이 정도는 과감해질 수 있었다.

"네? 그래도 돼요? 닥치는 대로 물어볼 건데요? 하나부터 열까지 다 물어볼 거예요."

아이카도 손을 맞대고서, 그래 주면 고맙다는 분위기를 풍기고 있었다.

"…얼마나 물어보려는 건지 무서워졌지만, 선처할게. 주말은 하루를 통으로 쓸 수 있으니까 그나마 어떻게든 되겠지."

"와아~! 이로써 전 과목이 30점씩은 오르겠어요!"

"그렇게까지 극적으로 성적이 오른다면 성공 보수로 수업료를 좀 받고 싶은데…."

뭐야, 이렇게 간단히 함께 있을 수 있는 시간을 만들 수 있잖아. 너무 싱거울 정도로 간단했다.

데이트할 때 중요한 건 다음 데이트 약속을 잡는 것이다. 어디서 들었는지도 알 수 없는 그런 정보가 머릿속에 떠올랐다.

함께 시험공부를 하는 것은 아마 데이트가 아니겠지만, 그건 너그럽게 넘어가자.

저녁 무렵, 해산하기 직전에 마지막으로 작업을 체크했다.

"그럼 짐은 내가 학교에 가져갈 테니까 의상은 아이카한테 맡길게."

"네. 확실하게 해 둘게요!"

씩씩하게 손을 흔드는 아이카에게 나도 손을 흔들어 줬다.

"그리고 오늘 밤에도 시험공부 해 둬."

"나리히라 군, 너무해요! 그 한마디 때문에 공부할 마음이 사라졌어요~"

아이카가 짐짓 고개를 팽 돌렸다.

"아니, 진짜로 해…. 특히 암기 과목은 내가 가르쳐 주지 않아도 할 수 있으니까 해…."

"알겠어요. 나름대로 노력할게요!"

아이카는 한 번 더 손을 붕붕 흔들었다.

제대로 즐겁게 보내고 있었다. 아이카와의 거리는 인생 최단 거리까지 줄어들어 있었다.

카페에서는 부정적인 생각을 하기도 했었지만, 전부 끝나고 보니 괜찮은 느낌이었던 것 같다.

그 여운을 즐기며 돌아가고 싶었으나, 자전거를 끌고서 신호를 기다리고 있을 때 스마트폰이 진동했다.

전화인가. 아이카와 얘기할 때 걸려 오지 않았으니 그나마 다행이었다. 그나저나 누가 전화한 거지.

묘조 선배였다.

신호가 초록불로 바뀐 것이 보였지만, 건너지 않고 통화 버튼을 눌렀다.

"네, 무슨 일이에요?"

[이능력 컨트롤 특훈 세컨드 시즌이야. 참고로 내일부터 할 거야.]

평소보다 더 뜬금없네….

"해산하고 바로 전화한 게 타이밍이 너무 좋은데, 또 미행한 건 아니죠?"

[해산이라니 무슨 말이야? 국회?]

안 되겠다. 어차피 내 신문 스킬로 진실을 알아내는 건 불가능하다.

[그 왜, 크리스마스 이벤트를 할 거잖아. 그거랑 겹쳐도 좋지 않고, 시험도 앞두고 있으니 아침에 훈련하자. 열혈 같은 느낌이 나서 좋지?]

체육부 인간은 전혀 아니라서 솔직히 아침 훈련은 귀찮다는 생각이 들었지만, 어쨌든 이 선배는 나를 위해 시간을 할애해 주려는 것인지라, 귀찮으니 싫다고 말하기 어려웠다.

그렇게 말을 못 하는 사이에 선배가 말했다.

[장소는 LINE으로 지도를 보낼게~ 그럼 끊는다.]

내가 뭐라고 대답하기 전에 통화가 끊겼다.

난 아직 알겠다고 안 했는데…. 선택지도 없는 거냐.

신호는 아직 초록불이었기에, 스마트폰을 든 채로 자전거를 밀어 서둘러 건너갔다.

잠시 그렇게 걷고 있으니 LINE으로 지도가 왔다.

세이고에서 그런대로 가까운 평범한 공원이었다. 공원 마니아가 본다면 특별한 가치가 있을지도 모르지만, 나는 알 수 없었다.

그나저나 묘조 선배는 존재 자체가 폭풍 같은 사람이다….

그러고 보니 조금 전까지 느꼈던 행복의 여운도 어딘가로 날아가 버린 것 같다….

물리적으로 고립된 나의 고교생활

4 다들 알지만 말하면 안 되는 일로 치부되는 게 있단 말이지

겨울이라서 그럴지도 모르지만, 이른 아침의 하늘은 불길하게 탁한 흰색으로 덮여 있었다. 흐린 하늘이라고 검색하면 나오는 대표 사진인가 싶을 만큼 12월 중순의 하늘은 흐렸다. 겨울이라는 것이 자연스럽게 느껴졌다.

아직 17년밖에 안 살았지만, 매년 가을이 짧아지고 갑자기 겨울이 되는 것 같다.

계절 중에서 겨울을 좋아한다고 말하는 사람은 일정 수 있는데, 이런 하늘을 보면서도 똑같은 말을 할 수 있는 걸까. 기분이 가라앉지 않나? 근래 여름의 불볕더위는 진짜로 죽을 위험이 있으니, 그것보다는 나을지도 모르지만.

이른 아침의 공원에서 하늘을 올려다보며 그런 생각을 했다.

공원에는 개를 산책시키는 아저씨 말고 아무도 없었다. 아주 평범하고 일반적인 광경이라고 할 수 있었다.

적어도 누굴 기다릴 만한 장소는 아니었다. 로맨틱이라는 개념을 여기로 가져온다면 30초 만에 색이 칙칙해져서 죽을 거다. 어제 역 앞에서 아이카를 기다릴 때와의 갭이 너무 컸다.

하늘과 같은 색의 공이 내 머리 위를 통과해 땅에 떨어졌다.

뒤돌아보니 아니나 다를까 묘조 선배가 서 있었다. 공을 던진 것도 인사의 일종이리라.

"안녕하세요."

나는 그렇게 말하고서 앞으로 굴러가는 공을 주우러 갔다.

소위 말하는 연식구였다. 소프트 테니스부에서 쓰는 공. 말랑해서 초등학생이 놀 때도 제법 썼다.

공을 줍고 돌아보니, 묘조 선배는 그네를 둘러싼 철책에 앉아 있었다.

"안녕. 좋은 공이지?"

"보기에 새것 같고, 나쁜 공이라는 생각은 안 들지만, 이런 공에 좋고 나쁨도 없지 않아요?"

"맞아. 새것이야. 훈련을 위해 사비를 들였어. 이 은혜는 평생 곱씹도록!"

"공 가지고 되게 생색내네요!"

일방적으로 적당한 걸 사 주고 일방적으로 생색내지 마. 타카와시와는 또 다르지만, 이 선배에게는 다른 종류의 악질적인 면이 있었다.

"훈련을 위해 샀다고 말했듯이 오늘은 그 공을 쇠약하게 만들어 보자. 하지만 공은 살아 있지 않으니까 공을 열화시켜 줘."

선배는 지극히 당연한 일인 것처럼 말했다.

고의인지 아닌지 모르겠지만, 철책에 앉은 다리가 많이 벌어져 있어서 좀 야했다. 딱딱한 표현을 쓰자면 음란한 구석이 있었다. 이런 단어는 학교에서 배우지 않아도 어느새 알게 된다.

"공을 열화시키라니…. 그런 게 가능해요? 벽에 있는 낙서를 지우라고 했을 때도 생각했지만, 제 드레인은 원칙상 생물한테만 효과가 있을 텐데요…."

그렇지 않다면 내 방은 금세 엉망이 될 테고, 학교의 내 자리도 어느새 삭아 버리고, 교복은 한 달 만에 넝마가 되어 버릴 거다.

그렇게 절망적인 이능력이면 진짜로 속세를 떠날 거야…. 전국을 방랑하다가 아무도 모르게 조용히 죽기를 바라겠지….

다행히 그렇게 꿈도 희망도 없는 이능력은 아니라서 어떻게든 고등학교 생활을 보내고 있었다.

아니, 정말 보내고 있나…? 일반적인 고등학생이 본다면 전혀 정상적이지 않은 고등학교 생활이라고 생각할지도 모른다…. 뭐, 좋아. 어차피 내 고교 생활이 정상적인지 정의하는 시간도 아니다.

"공 말고 잡초에 시험하는 게 어때요? 잡초라면 공원에 얼마든지 자라 있고.”

“아아~ 또 이런다. 또 나왔어. 하구레 군의 나쁜 버릇이. 포기가 빨라. 포기 업계의 톱 스프린터야.”

알고 지낸 시간이 그렇게 길지도 않은데, 선배는 작위적으로 실망한 표정을 지었다.

그리고서 오른손 검지로 내 쪽을 척 가리켰다.

아무래도 가리키는 대상은 내가 아니라, 내가 들고 있는 공인 것 같았다.

“가끔은 무생물을 겨냥해서 능력을 써 봐. 게다가 작은 공에 의식을 집중하는 거니까, 성공하면 이능력의 영향을 한정할 수 있다는 거잖아? 원할 때 원하는 것만을 열화시키는 엄청 강한 이능력자가 될 수 있을지도 몰라.”

“분하지만… 그건 좀 멋지네요.”

실제로 공에 효과가 있는지와는 별개로, 작은 공에 능력을 집중하는 작업은 이능력의 범위를 제어하는 특훈으로서 옳다는 생각이 들었다.

“어차피 효율적인 방법 같은 건 모르고, 이것저것 시도할 수밖에 없으니까요. 공으로 한번 해 볼게요.”

“그치? 어제 5분이나 고민해서 생각해 낸 특훈 메뉴야!”

“상당히 짧네!”

쉬는 시간에 문득 떠올린 수준이잖아!

하지만 시간이 짧다고 아이디어로서의 가치가 떨어지는 것은 아니었다. 속는 셈 치고 해 보자.

적어도 선배는 나한테 사기 칠 마음은 없을 거다. 그저 문득 떠올린 생각으로 아침 훈련을 하려는 것일 뿐이다. 밑져야 본전이다.

"그럼 바로 해 볼게요!"

"응! 성공하면 치마 들추게 해 줄게."

"…포상이 묘하게 이상한 페티시야…."

그런다고 기뻐하는 녀석이 있나? 상당히 뒤틀린 페티시인 것 같다.

나는 마음을 다잡고 땅에 놓인 공을 향해 힘을 담았다.

자, 공이여, 열화되어라!

오래 쓴 것처럼 거뭇해지거나 표면이 거칠어져라!

…….

………….

처음부터 알고 있긴 했지만, 무섭도록 시시했다.

움직임도 변화도 없으니 말이지. 남들 눈에는 염력으로 물건을 움직이는 연습 중인 사람처럼 보이려나.

개를 산책시키던 아저씨도 사라져서 이 특훈을 기이한 눈으로 볼 사람조차 없지만.

"심심하네."

"코치가 그런 말 하지 말아 주세요."

그 코치를 믿고서 훈련하고 있으니까. 사다리를 치우면 너무 비참하잖아.

"이야~ 퍼스트 시즌 때부터 눈치챘지만, 이 특훈, 내가 할 일이 전혀 없단 말이지. 무(無)이자 공(空)이야. 불교야."

"진지하게 불교를 믿는 사람이 들으면 화낼걸요. 근데 퍼스트 시즌이라는 건 굴다리의 낙서를 지우려고 했을 때를 말하는 거예요…?"

그 밖에도 야키소바의 매운맛을 경감시킨다든가, 잡초를 핀포인트로 시들게 한다든가 했는데…. 응, 퍼스트 시즌은 너무 시시했다. TV 프로그램이었다면 인기가 없어서 2기는커녕 1기 방영 도중에 중단됐을 거다.

뭐, 내가 휘두른 주먹을 선배가 막는 것 같은 그런 활동적인 부분은 없으니, 보기에 압도적으로 심심한 건 어쩔 수 없었다.

드레인 특훈의 성가신 점은 사람에게 쓸 수 없다는 것이다. 그런 짓을 하면 쇠약해지는 피해자가 확실하게 나와 버린다. 죄책감이 엄청나다.

"그럼 내가 얘기를 꺼낼 테니까, 공을 열화시키는 것에 집중하면서 성의를 다해 대답해 줘."

"선배, 모순이라는 말의 의미를 아시나요?"

코치니까 명백한 무리난제는 떠맡기지 말아 줘.

“이론을 무시한, 열혈 정신뿐인 지도는 시대착오적이에요.”

선배는 자신의 머리에 툭 손을 올렸다.

“내가 열혈 인간으로 보여?”

“…아니요. 죄송해요.”

열혈 인간이 아니라고 자기 입으로 말하면 그건 그것대로 의욕이 없는 것처럼 들리는데….

아무튼 공에 드레인을 보내는 건 계속 의식하자.

“겨울이라 슈퍼에서 찹쌀떡이 많이 보이게 됐지~”

얘기를 꺼내겠다고 말한 대로, 선배는 또 말을 걸어왔다.

“그렇죠.”

성의 있게 대답했다고 여길지 모르겠지만, 나는 공을 바라본 채 대답했다.

“크리스마스가 얼마 안 남았어~”

“그렇죠.”

이 정도면 집중력도 끊기지 않는다.

“그래서 넌 누구랑 같이 보낼 거야?”

“쿨럭!”

집중력이 끊어졌다.

끊어져 버린 것은 어쩔 수 없기에 선배를 보았다.

히죽히죽 웃고 있었다.

“아니, 크리스마스 이벤트가 있잖아요? 선배도 알잖아요?

아니까 아침에 훈련하자고 한 거고….”

“그 이벤트도 밤새 하는 건 아니잖아. 오히려 이벤트가 끝난 시점에 그날 시간 있는 남녀가 번화가에 집합해 있다고도 할 수 있지. 그야말로 기회야. 게다가 이벤트를 해서 기분이 고양되어 있으니까 상대가 평소보다 더 좋게 보일 거야.”

“그렇게 언어화하니까 굉장히 계산적으로 들리네요….”

갸루 같은 분위기를 지닌 선배가 말해서 그런지 꽤 설득력이 있었다.

“내 생각이 계산적인 게 아니라, 그저 모두가 TPO에 맞는 행동을 하면 이벤트가 기회가 된다는 거야. 축제가 만남의 자리인 건 2~3천 년 전부터 똑같아. 수학 수업 중에 고백하는 사람은 없잖아?”

“그야 수업 중에 갑자기 고백하는 녀석이 있으면 그 녀석은 자폭 테러범이니까요. 고백받은 상대가 너무 비참해요…. 고등학교를 졸업할 때까지 확실하게 얘깃거리가 될 거예요….”

“그치? 이벤트는 쓸 만하지? 마음을 전한다는 특별한 일에는 특별한 시간이 필요한 거야.”

그러고 보니 나도 이벤트가 끝나고 나면 다이후쿠가 시오노미야와 함께 있을 시간을 만들 수 있겠다고 생각했을 정도다. 이벤트를 이용하는 건 정석이었다.

그렇다면 이벤트가 끝난 후에 아이카에게 같이 아무 데나 가게에 가자고 하든가, 같이 일루미네이션을 보러 가자고 하든가, 할 수 있는 일은 있다.

…해 볼까.

시오노미야가 사귈지 말지 올해 안으로 답을 내겠다고 말했듯이, 나도 올해 안으로 아이카에게 마음을 전해야 하지 않을까.

모처럼 크리스마스다. 설령 잘 안 되더라도 그렇게 청산이 된다면 다음 해를 새로운 마음으로 시작할 수 있을 것이다.

…아, 또 일부러 실패했을 때를 생각했다. 그런 부분은 고쳐 나가자….

“선배, 조언 감사합니다.”

공을 열화시킨다는 생각은 어딘가로 사라진 상태였다. 첫 번째 세트가 끝났다고 생각하자.

“괜히 너보다 오래 산 게 아니니까 말이지~ 네가 특정한 누군가와 친밀해지고 싶어 한다는 건 이전부터 느꼈고.”

선배는 알기 쉽게 의기양양한 얼굴을 했다. 오래 산 기간이라고 해 봤자 엄청나게 차이 나는 것도 아니지만, 그저 한 학년 위일 뿐이라고 할 수 없을 만큼 나와 선배 사이에 경험의 차이가 있는 건 사실이었다.

그리고 어느새 선배의 다리가 더 벌어져 있는 것 같았다. 저건 고의인가? 일일이 부끄러워하면 더 심해질 것 같으니까 무시하자.

그나저나.

내가 아이카를 의식하고 있다는 걸 선배도 알고 있었다니, 꽤 민망하다….

아니, 민망하다는 말로 끝날 문제가 아니다. 선배가 간단히 간파했다면 아이카도 알고 있을지도 모른다…. 내가 생각하기에 아이카 앞에서는 극단적으로 이상하게 행동하진 않았던 것 같지만….

"선배, 저 그렇게 노골적으로 티가 나나요?"

차라리 선배에게 물어보고 수정해 나가는 게 더 빠를 것이다.

"타카와시한테 데이트 신청하는 게 어때? 좋아하지? 성야를 이용하는 거야!"

"허?"

살짝 위압적인 '허?'가 되어 버린 것을 반성했다.

하지만 그런 목소리가 나올 만했다고 생각한다.

선배의 눈은 장식인가.

"저기, 저는 타카와시를 전혀 좋아하지 않는데요? 오히려 친구라는 카테고리인지조차 의심스럽다고 할까…. 동맹자라는 이상한 포지션이라…."

질긴 인연이긴 한데, 거기서 연애 감정은 도저히 찾아볼 수 없었다.

만약, 만약에, 만약에 그 녀석과 내가 사귀더라도 이능력 때문에 시선도 못 맞추고 가까이 가지도 못하는 데이트를 하게 될 것이다.

대체 무슨 커플이야.

헤어지기 직전인 커플도 좀 더 친근할 거다.

하지만 선배는 내 말을 바로 믿을 수 없는 듯했다. 얼굴을 보면 알 수 있었다. 의심스럽게 나를 노려보았다. 오히려 노려보고 싶은 사람은 나였다. 혹시 '실수를 인정하면 죽는 병'에라도 걸렸나?

"내 눈은 틀리지 않았다고 생각하는데 말이지~ 잘 어울릴 것 같아."

내 어휘력이 빈곤한 것은 인정하지만 독특한 기분이 들었다고 말할 수밖에 없었다.

마사지를 받으면서 평소에 눌리지 않는 혈자리가 눌리면 이런 느낌일까. 딱히 혈자리를 눌린 적이 없고, 드레인이 있는 한, 마사지 가게에 들어갈 수도 없지만. '손님, 많이 피곤하신가 봐요~'가 아니라 '안마사님, 많이 피곤하신가 봐요~' 하게 되는 사태가 벌어진다. 영업 방해도 이런 영업 방해가 없다.

그야 타카와시와 나는 동맹을 맺었을 정도니까 뭔가 맞는 부분은 있을 것이다. 하지만 그것과 커플로서의 상성은 전혀 다르다. 아프리카 어딘가에 '오카와리'라는 말이 있더라도 일본어의 '오카와리'와는 의미가 다른 것과 같다. ……? …………?
내가 말했지만 무슨 말을 하고 싶은 건지 잘 모르겠다….

나는 노땡큐를 나타내고자 선배를 향해 오른손을 쑥 내밀었다.

"저도 남자인지라 연애를 하고 싶냐고 묻는다면 척수 반사로 '하고 싶다'라고 대답하지만, 타카와시에게 관심은 없어요. 거짓말이 아니라 정말로요."

나의 성명은 이걸로 끝이었다. 이 외에 할 말은 없었다.

"흐응. 그러면~"

어째선지 선배가 씩 웃었다.

그러더니 치마를 양손으로 잡고서 걷어 올렸다.

……어?! 이 사람 뭐 하는 거야?!

"실은 연상의 누나에게 어리광 부리고 싶어 하는 타입이야? 하나부터 열까지 리드받고 싶어? 자신이 상대를 리드해 나가는 게 귀찮긴 하지~ 상대방에게 전부 다 맡기는 게 편해~"

"아니, 아니, 아니! 극단적인 데다가 폭론이잖아요! 타카와시 이외의 선택지가 연상의 누나밖에 없는 세계 같은 건 없어요!"

내 목소리가 굉장히 커져 있었다.

그럴 수밖에 없었다. 이런 상황에서 당황하지 않는 게 더 어렵다.

그리고 지금은 우리 말고 아무도 없긴 하지만, 사람이 올 위험도 있었다. 그럴 경우 선배가 혼나는 건 자업자득이지만(미풍양속에는 반한다고 생각한다. 수요와 공급이 일치하니 자본주의적으로는 문제없다는 식으로 넘어가지는 않는다), 아무런 죄도 잘못도 없는 나까지 덩달아 혼날 우려가 있었다.

"이 정도 라인이면 딱 보일 것 같으면서 안 보일 텐데."

"어디서 그런 연습을 하는 거예요! 진짜 하지 마요!"

"하~ 사실은 보고 싶으면서 상식인인 척하는 건가~ 간이 작구나~"

어, 어쩔 수 없잖아. 볼 수 있다면 보고 싶다. 원래 그런 거다. 공짜로 고기 먹고 싶냐고 물으면 웬만한 사람은 먹고 싶어 한다. 하지만 고기와 치마 속은 위험성이 너무 다르다.

"어때? 소년. 보이니?"

"보이면 안 되죠! …참고로 안 보여요!"

반대쪽 손도 내밀어서 가드했다.

신사로서 올바른 일을 하고 있는 것 같다. 국면이 별로 신사적이지 않지만, 신사도 이상한 유혹을 느낄 위험성은 있다. 유혹을 느낀 시점에 신사가 아니게 되는 것은 아닐 터다.

"자, 드레인으로 치마만 없애 보자! 그 탐구심이 새로운 힘을 낳을지도 몰라."

"할 수 있겠냐! 그리고 물질을 없애는 능력이라니, 너무 위험하잖아!"

실컷 가지고 논 끝에 선배는 마침내 치마를 내렸다.

당황스러웠지만, 아주 싫지는 않았다…. 가끔은 이런 것도 좋은 것 같다. 하지만 정말 가끔이면 족하다.

이 선배는 타카와시나 아이카가 있는 데서도 이런 짓을 할 것 같아서 그게 무서웠다. 그러면 나는 아무런 잘못도 안 했는데 내가 신용을 잃을 수도 있다.

"좋아, 그럼 새로운 기분으로 공을 열화시키는 연습 두 번째 세트를 시작하자."

"누구 때문에 집중력이 완전히 끊겼어요."

그렇지만 특훈을 안 할 수도 없었기에, 나는 공에 의식을 보냈다.

신선한 채소를 시들게 하는 것처럼 적어도 결과가 눈에 잘 보이는 실험 도구를 줬으면 하지만. 매번 채소를 준비하는 것도 귀찮나….

"누구 때문에? 대체 누굴까?"

"일부러 모르는 척한다는 게 뻔히 보이거든요."

선배는 일부러 고개를 갸웃하고 있었다. 전체적으로 행동이 오버스러운 사람이었다. 연극부 출신이냐.

"아아, 그렇구나, 그렇구나. 네가 호감을 품고 있는 타카와시를 말하는 거지~?"

"아니야!"

깔끔하게 태클이 들어갔지만, 우리가 하고 있는 건 만담 연습이 아니었다. 아직 밑바닥을 못 벗어난 개그맨은 공원에서 만담이나 콩트를 연습한다는 것 같지만, 우리는 그런 관계가 아니다.

"타카와시는 겉모습이 완전히 S니까 말이야. 너 같은 타입은 그런 S 같은 아이에게 끌리게 되어 있어. 자신이 무슨 타입인지 잘 알고 있지."

물 타입은 불꽃 타입에게 강하다는 식의 게임 같은 상성 이야기를 듣고 있는 것 같다.

일일이 태클을 걸고 앉아 있을 수도 없다. 특훈을 우선하자.

하지만….

타카와시라는 단어가 여러 번 나온 탓인지, 타카와시의 얼굴이 머릿속에 어른거렸다….

들은 말이 머릿속을 스치는 것은 자연스러운 반응이다. 예지몽 같은 반응이라든가 그런 게 아니다.

그래도 어째선지 숨어서 나쁜 짓을 하는 것 같은 기분이 가시질 않았다.

타카와시가 없는 곳에서 타카와시 이야기를 했기 때문일까. 그렇지만 타카와시의 이름이 나왔으니 어쩔 수 없지 않나….

잠시 후, 공이 굴러가기 시작했다.

내 이능력 때문에 굴러간 건 아니었다. 강한 바람이 분 탓이었다. 공원은 차단물도 적어서 바람을 정통으로 맞게 된다.

그 공을 선배가 휙 주웠다.

“아직 갈 길이 먼 것 같네. 오늘은 끝.”

“그런가요. 일단 감사하다고 말해 두겠습니다.”

공까지 사 줬고, 시간을 할애해 준 것도 사실이니까. 결례를 범할 수는 없다.

“그거, 팬티를 보게 된 것에 대한 감사야?”

그건 순수한 의문문인 것 같았다.

“아니에요! 그리고 안 보였어요!”

이 사람 옆에서 집중력이 필요한 트레이닝을 하는 건 난이도가 높다고 할까, 역시 혼자 하는 편이 더 잘되지 않을까.

그때, 선배가 나한테 공을 가볍게 던졌다.

나는 양손으로 공을 받았다.

“그 공은 선물로 줄게. 자율 연습에 매진하도록.”

“아, 감사합니다.”

이런 부분은 통이 컸다. 역시 종잡을 수 없는 사람이다.

“타카와시라고 생각했는데 말이야~ 뭐, 빗나갈 때도 있는 거지. 타카와시 말고도 여자는 얼마든지 있고.”

그 표현은 차인 남자를 위로할 때 쓰는 말이다. 그래도 선배가 물고 늘어지지 않는 건 고마웠다.

"참고로 그저 여자와 사귀고 싶은 거라면 반드시 사귈 수 있는 방법이 있는데, 궁금해?"

또 놀리려는 걸지도 모르는데,

"참고삼아 들어 보죠."

라고 대답하고 있었다.

"학생회장에게 '시험 기간을 둬도 좋으니까 사귀어 주세요' 라고 부탁하면 돼."

전임 회장이 학생회장이라는 말을 써서, 사고가 상을 맺는 게 한 템포 느려졌다.

한 템포 늦게 에리아스의 얼굴이 떠올랐다.

"허?! 아뇨, 그건 아니죠!"

"걔는 머리 숙이고 부탁하면 거절하지 못하는 타입이니까, 철저히 숙이고 들어가면 확실하게 사귈 수 있을 거야. 바로 옆에서 봤기에 자신 있어. 예행연습 삼아 말해 보는 게 어때?"

"안 해요! 아무리 상대가 에리아스여도 실례잖아요! 제 머리에 물을 끼얹을걸요?!"

내 머릿속에서는 에리아스가 무수한 페트병 뚜껑을 내게 마구 던지고 있었다. 이쯤 되면 이능력 배틀물의 세계관이다.

"그래그래. 그럼 진짜 좋아하는 아이한테 도전해 봐. 용기와 무모함은 종이 한 장 차이야."

"그거, 제가 무모한 짓을 하려고 한다는 얘기 같은데요…."

선배가 사용한 '진짜 좋아하는 아이'라는 말이 머릿속에 남았다.

덕분에 크리스마스를 향해 한 걸음 내딛자는 마음이 든 것은 사실이었다.

이벤트가 끝나면, 아이카에게 데이트를 신청하자.

미리 말하면 벼르고 준비하는 것 같은 느낌을 주지만… 당일의 흐름으로 모처럼 크리스마스에 나왔으니까 역 앞을 돌아다니지 않겠냐는 방향성이라면….

이날은 선배와 등교한다는 변칙적인 사태가 벌어졌다. 자전거를 밀며 선배와 함께 걸었다.

같이 특훈했으니 당연했다. 하지만 고등학생이 되어 처음으로 누군가와 함께 등교한 것이라서 느낌이 이상했다. 가뜩이나 자전거로 통학하기에 다른 사람과 나란히 걸을 일 자체가 없었다.

남자랑 같이 등교해서 이상한 소문이 나진 않을까 걱정되지 않냐고 물어봤지만.

"내 이능력으로 너만 날 인식하게 해 뒀으니까 괜찮아."

라는 말을 들었다.

아아, 까맣게 잊고 있었다…. 공원에서 다른 사람이 팬티를 볼 위험성도 이 사람에게는 처음부터 없었던 거다.

인생의 출발선이 모두 평등하다고 순수하게 믿지는 않지만,

그렇다고 해도 나와 선배의 이능력은 차이가 너무 심한 것 아닐까. 선배도 특훈하여 이능력을 자유자재로 구사하게 되기까지 고생했다는 것 같지만.

새삼 드레인을 저주해 봤자 소용없기에 나름 긍정적으로 생각하려고 하지만, 그래도 한숨 정도는 쉬고 싶어졌다.

교문을 지나 선배와 헤어지고 우리 반 교실에 들어갔다.

선배가 타카와시의 이름을 꺼낸 탓에 타카와시의 책상 쪽으로 시선이 가 버렸다.

다른 여학생과 이야기하던 타카와시도 나를 알아차렸는지 내 쪽을 힐끔거렸다. 타카와시 주위에는 이신덴 말고 다른 여학생도 있었다. 얘기 나눌 수 있는 친구의 수도 조금씩 늘려 나가고 있는 듯했다.

이야기 상대가 늘어난 것 외에는 평소와 다름없는 타카와시였다.

그런 타카와시가 수업 중에 LINE을 보냈다.

[평소보다 음울해 보였는데, 고2병에 걸렸어?]

걱정하는 게 아니라 놀리는 거구나.

음울해 보였다면 선배에게 쓸데없는 말을 들은 탓이리라.

[그 고2병은 중2병과 어떻게 다른 거야?]

[고2병은 되게 장대한 고민이나 문제를 생각하는 거야. 그러

면서 어째선지 주위에 있는 리얼충을 업신여기기 시작하며 심리적으로 우위에 서려고 할 때도 있어.]

[고2병에 걸렸을지도 모르지만, 생활에 해는 없는 수준이야.]

나는 망설였다가 그렇게 답장했다. 너도 걸리지 않았냐고 쓰려다가 말았다. 괜히 한마디 더 보태 봤자 좋을 게 없다.

[이벤트 준비, 잊지 마.]

사무 연락을 수업 중에 하지 말라고 생각했지만, 곧장 [알았어. 어제 아이카랑 산 것도 가져왔어.]라고 답장했다.

수업 중에 연락을 주고받고 있다는 점에서 나도 공범이었다.

시험을 앞두고 단축 수업 중이라, 도시락을 먹기 전에 방과후가 되었다. 공부하고 온다고 부모님께 만들어 달라고 한 도시락을 교실에서 먹은 후, 시뮬레이션실로 향했다.

아이카는 이미 스탠바이 상태였다.

오늘부터 여기서 시험공부를 한다. 그저 같이 공부하는 게 아니라 아이카에게 가르쳐 주는 것도 겸하고 있었다.

크리스마스 이벤트 준비는 기말고사 마지막 날인 19일부터 본격적으로 한다. 그래도 24일 당일을 제외해도 닷새를 준비에 쓸 수 있다. 문화제만큼 거창하지 않으니, 닷새면 충분하다.

시뮬레이션실 뒤편에 안 쓰는 책상이 몇 개 놓여 있어서 그걸 도킹하여 마주 앉을 수 있게 만들었다. 물론 1미터 거리를 두는 것도 잊지 않았다.

"기다리고 있었어요, 나리히라 군. 아뇨, 나리히라 선생님."

"선생님이라고 하지 마. 비꼬는 것처럼 느껴져."

아이카는 벌써 아주 많은 노트와 프린트를 펼쳐 놓고 있었다. 어제 말했던, 전 과목을 30점씩 올리겠다는 말은 진심이었던 걸지도 모른다.

"어떤 방식으로 할까? 일단 자습 형태로 시작하고, 모르는 게 생기면 나한테 질문하기로 할까?"

"수학 범위, 처음부터 모르겠어요."

"전부 가르치게 될 것 같네!"

하지만 아이카를 가르치는 입장으로서는 처음부터 가르치는 게 더 쉬울지도 모른다. 못 푸는 응용문제의 해법을 콕 집어서 알려 주는 것보다는 공부를 가르친다는 느낌이 든다.

"그럼 미분부터."

필연적으로 교과서에 적혀 있는 내용을 내가 풀어서 설명하는 형식이 되었다.

마주 앉은 채 설명할 수는 없기에 아이카가 앉아 있는 쪽으로 내가 이동했다. 내 눈대중으로 1미터를 가늠하면서 아이카의 교과서를 짚었다가 다시 손을 떼는 것을 반복했다.

"…그렇게 되는 건데, 여기까지는 알겠어?"

아이카의 교과서로 다가갈 때, 아이카의 머리도 바로 근처에서 느껴졌다.

머리카락에서 되게 좋은 향이 났다. 샴푸 향이겠지만, 나한테는 여자의 향기로 여겨졌다. 아니, 아이카의 향기려나.

"거기까지는 대충 알 것 같기도 하고, 아닌 것 같기도 하고…."

아이카의 머리가 움직였다. 나는 아이카의 머리카락을 묶은 곱창밴드를 내려다보고 있었다.

왜지. 곱창밴드까지 귀엽다는 생각이 든다. 사람이고 사물이고 분간을 못 하게 된 것 같은데.

진정하자…. 내 이성이 의심스러워졌다. 조금 떨어지자….

"그런 애매한 상태로 시험을 치르는 건 좋지 않아…. 그러면 시험 당일에는 거의 못 풀어. 연습 삼아 문제를 하나 풀어 볼까. 정말 이해했는지 판단할 수 있을 거야."

그렇게 말하고 거리를 뒀다. 가르치는 역할을 수행할 수 있는 정신 상태를 유지하려고 했다.

다만 이번에는 아이카의 손이, 그다음에는 옆모습이, 그리고 재킷 안에 입은 카디건이 신경 쓰였다. 아이카의 모든 것이 신경 쓰였다!

역시 이상하지 않아? 지금까지 이렇게나 아이카를 의식하지는 않았을 텐데….

혹시 몰라서 한 걸음 더 뒤로 몸을 물렸다.

아이카와 함께 공부할 수 있어서 기쁘지만 한편으로 서글프기도 했다. 서글퍼지는 건 이상할 텐데, 실제로 그렇게 느꼈다.

앞으로 살면서 이토록 행복한 시간을 경험하는 일은 없지 않을까.

아이카와 사귀는 건 무리고, 이 순간이 내 행복의 절정이지 않을까.

그렇게 생각해 버리는 내가 있었다.

너무 과한 것을 원해도 상처 입을 뿐이라면서.

이럼 안 되지. 또 부정적으로 생각했다.

공부에 집중하기 위해서도 뺨을 가볍게 찰싹찰싹 때렸다.

"짜잔~! 풀었어요!"

아이카가 웃으며 내게 노트를 보여 줬다.

그 미소가 눈부셔서, 나는 제대로 웃으며 대응할 수가 없었다.

똑같이 100점 만점의 미소를 지으며 '참 잘했어요! 축하해'라고 말할 수 있는 날은 평생 안 오지 않을까…? 적어도 지금의 나를 봐서는 상상이 안 간다.

"응, 정답이야. 잘했어. 그럼 다음으로 넘어가자."

나도 웃으려고 의식했지만, 역시 아이카의 미소와는 질적으로 다른 것 같았다. 흐리다고 할까, 탁하다고 할까….

"네!"

이런 미소를 계속 받으면 나나 타카와시 같은 어두운 사람은 사라져 버리는 게 아닐까. 그런 생각이 들 만큼 아이카의 명랑한 미소는 완벽했다.

이튿날인 금요일은 시뮬레이션실에서, 주말은 패밀리 레스토랑에서, 나는 아이카와 함께 시험공부를 했다.

금요일에 공부를 시작했을 즈음, 타카와시와 시오노미야가 얼굴을 비쳤지만, 잠깐 있다가 돌아갔다. 타카와시는 "시험에 노력상이라는 상은 없으니까 필사적으로 결과를 내렴."이라는 말을 뱉고 갔다. 뭔가 한마디를 더 얹지 않으면 죽기라도 하나.

내 시험 점수는 전체적으로 오르지도 떨어지지도 않고 상위 10%에는 들었다. 일단 무사히 끝났다고 말할 수 있었다.

아이카는 낙제점을 받지 않았다고 하니, 전 과목 30점 상승까지는 못 갔어도 그런대로 공부를 봐준 효과는 있었다.

시험이 끝난 다음 날, 아이카는 일부러 우리 반까지 와서 감사를 표했다. 벌써 돌려받은 첫째 날 시험지를 들고서.

아이카는 당당히 우리 반 교실에 들어왔다. 다른 반 교실에 들어갈 때, 나나 타카와시는 한 번은 망설인다. 경계를 넘는다는 느낌이 드니까. 아이카에게는 그게 없는 것 같았다.

"나리히라 선생님, 감사합니다!"

"선생님이라고 하지 말래도. 하지만 성적이 올라서 정말 다행이야."

마침내 진심으로 아이카를 위해 기뻐한 것 같다. 시험공부 기간에는 그럴 여유가 없었다.

"선생님이라. 고독을 가르쳐 주는 선생님인 거구나."

아이카를 본 타카와시가 다가와서 또 한마디를 보탰다.

"에링, 나리히라 군은 아주 잘 가르쳐 줬어요!"

"그렇겠지. 사물을 외부에서 보는 데 익숙하니까."

"해석이 전부 뾰족하다고!"

이대로 실컷 말하게 둘까, 하는 생각도 했지만 한계였다.

"타카와시는 사람을 짜증나게 하는 선생님이야."

"구석에 처박힌 생쥐 선생님, 입 다물어."

"멸칭 뒤에 선생님을 붙여도 경의는 담기지 않아!"

그 별명(?), 오랜만에 들었다.

"그나저나 아야메이케도 기적적으로 시험을 극복해 낸 것 같아서 다행이야."

타카와시는 아이카 쪽을 보며 그렇게 말했다. 아이카에게도 역시 뾰족했다.

"이제 마음 편히 크리스마스를 맞이할 수 있겠네. 울적한 얼굴로 준비할 일도 없어졌어."

"그렇죠! 이벤트 기대돼요! 오늘도 확실히 준비할 거예요!"

아마 크리스마스라는 말을 듣고 준비 작업보다도 당일을 의식한 사람은 나뿐이었을 거다.

크리스마스가 얼른 왔으면 하면서도, 한동안 안 왔으면 싶기도 하고….

아이카가 활기차게 자기 교실로 돌아갔기에 나도 활기찬 척 손을 흔들었다.

이벤트 준비는 막바지였다. 시간을 들여서 찬찬히 할 만한 일도 아니고, 일정도 여유가 없기에 준비 개시 시점에 거의 막바지였다.

종업식이 있는 21일도 방과 후에 작업하기로 해서 2학기가 끝났다는 감회도 전혀 없었다.

시뮬레이션실이 준비실이 되었다. 확실히 학생회실에서 작업하면 본래 학생회 업무에 지장이 생기고, 어차피 시뮬레이션실은 휑하니 이게 맞는 일이기는 했다.

내가 하는 일은 대도구 준비였다.

산타클로스와 순록 등이 프린트된 종이를 박스에 붙이고 오렸다. 적당히 스티로폼도 썼다.

상당히 초라한 세트 같지만, 가벼운 물건 한정으로 공중에 띄울 수 있는 이능력자가 일제히 띄우면 이것도 그런대로 임팩트가 있다. 세트가 허접해도 공중에 뜨면 돋보인다.

그리고 나는 이능력 때문에 이런 형태로만 협력할 수 있기도 했다.

대도구는 나와 시오노미야, 그리고 학생회의 1학년 임원인 서기와 회계가 담당했다.

묵묵히 작업하는 시오노미야는 재롱 잔치 중인 유치원생 같았다. 아무리 시오노미야가 아담해도 그렇게 작지는 않지만, 시오노미야의 열중한 모습은 그런 인상을 줬다.

“그러고 보니 타카와시랑 아이카는 어쩌고 있어?”

계속 침묵하는 것도 이상한 것 같아서 시오노미야에게 말을 걸어 봤다. 뒤에서 메이드장이 지켜보고 있었다. 메이드장도 작업해 주면 좋겠지만, 저 손으로 어떻게 재주 좋게 작업을 하는지 잘 모르겠다. 생각하니 좀 무섭다.

“두 사람은 다른 참가자와 무대 동선이랑 진행을 맞춰 보고 있을 거예요.”

“어라? 무대에는 시오노미야도 오르지?”

이런 이벤트에 미스 세이고가 안 나올 리 없다.

“저는 이미 외웠기에, 타카와시 양이 넌 합격이니까 이쪽 일을 하라고 했어요.”

아마 어떤 타이밍에 시오노미야가 완전히 파악한 모습을 보여 줬을 것이다.

"혹시 시험 보기 전부터 연습했어?"

"네. 공부하다가 숨도 돌릴 겸 연습했어요."

내가 영어권 주민이었다면 엑설런트라든가 그레이트라고 말했을 거다. 다이후쿠가 반할 만하다.

남의 진로를 결정할 권리가 있을 리도 없지만, 시오노미야는 장래에 교육자가 되면 좋겠다. 너무 약삭빠른 사람이 교육자가 되면 신뢰할 수 없다. 시오노미야처럼 무슨 일이든 진지하게 열중하는 선생님 쪽을 학생들도 더 따를 거고, 감화받지 않을까.

바지 주머니에 넣어 둔 스마트폰이 진동했다. LINE 알림이 온 것 같았다.

다이후쿠가 보낸 거였다.

[진척은 어때?]

라는 메시지가 먼저 오고, 그 후에….

[시오노미야가 있는데 보러 가는 건 너무 속 보이려나 싶어서.]

하고 이어졌다. 그 마음은 이해가 갔다. 답장만 받는다면 다이후쿠도 신경 쓰지 않겠지만, 이왕 말하는 거 직접 전할까.

나는 다이후쿠와 만날 장소를 정해 연락하고, 시오노미야와 1학년생들에게 말했다.

"미안한데, 잠깐 상의할 게 생겨서 갔다 올게."

거짓말은 아니고, 이미 대도구 준비 노동력으로서 그런대로 기능했다고 생각하니 잠깐 빠지기로 하자.

"네. 다녀오세요, 하구레 군."

시오노미야의 쾌활한 배웅을 받은 나는 교사 뒤편에서 다이후쿠와 합류했다.

미화원이 뭔가를 태웠는지 까만 더미가 생겨나 있었다. 그 탄내가 군고구마를 연상시켰다.

나와 다이후쿠는 건물 벽에 가볍게 기댔다. 12월도 후반이라서 공기는 쌀쌀했지만, 태운 흔적이 보여서 그런지 그게 몸을 녹이는 것 같았다.

"어때?"라고 먼저 다이후쿠가 물었다.

"그냥저냥. 나쁘진 않아."

"응. 착실하게 하고 있다는 느낌은 들지. 이쪽도 비슷해. 문화제와 비교하면 규모가 작아서 훨씬 편해. 단순히 일할 양이 적기도 하지만, 지시할 사람이 적다는 점이 커."

"실감이 담긴 의견이네."

인원이 많아질수록 안 움직이는 녀석도 생긴다. 초등학생 때도 중학생 때도 숙제를 안 하는 녀석은 학급에 반드시 있었는데, 사회에는 마감을 지키지 않는 녀석이 반드시 일정 수 나타난다. 그런 녀석의 수가 늘어나면 여러 가지로 움직이기 어려워진다.

“그래서 말인데….”

다이후쿠가 멋쩍게 말을 꺼냈기에 이어질 말을 바로 알 수 있었다.

“시오노미야는… 잘하고 있어?”

“오, 벌써 남자 친구 행세야?”

“금방 그런 발상으로 끌고 가려고 하는 거, 좋지 않아.”

내 말도 다이후쿠의 말도, 서로 딱 좋았다.

학생회 선거 때 이런저런 일이 있었을 텐데, 전혀 뒤탈이 없었다. 예전처럼 바로 얘기할 수 있었다.

역시 동성 친구는 최고다.

“이벤트는, 솔직히 에리아스가 진두지휘하니까 어떻게든 될 거야. 애초에 그 녀석이 하자고 말을 꺼냈으니 그 녀석한테 일을 시키면 되고, 이러니저러니 해도 에리아스는 할 때는 하니까.”

“오, 나리히라. 소꿉친구 행세네.”

이야기 도중에 다이후쿠에게 보복당했다. 근데 에리아스는 일반적인 의미의 소꿉친구에 들어가는 걸까? 그저 초등학생 때부터 같은 반이었을 뿐인데….

“그보다 다이후쿠 너는 이벤트 끝난 다음이 더 중요하잖아.”

“이런 건 첫발을 내디딜 때가 가장 힘들고, 일단 내디디면 그 다음부터는 될 대로 되는 거야. 그래서 긴장은 되지만, 할 일은 정해져 있으니까 그건 편해."

다이후쿠의 말은 무거웠다. 이게 경험자의 말인가.

지당했다. 고백한 이후로는 상대방의 반응에 맞춰서 움직일 수밖에 없다. 초기화는 불가능하다.

이제 내가 할 수 있는 일은 아무것도 없었다. 지켜볼 필요조차 없을지도 모른다. 기껏해야, 다이후쿠가 얘기를 들어 달라고 하면 얼마든지 들어 주는 것 정도다.

나도 얼른 아이카에게 고백하면 이제 움직일 수밖에 없어지려나. 으, 으음… 그렇다고 타이밍도 생각하지 않고 캐주얼하게 고백해도 되는 건 아니지만.

"너야말로 크리스마스, 누군가랑 같이 보낼 생각 없어?"

이 타이밍에 질문받았다!

"그건 말이지… 아직 말할 수 있는 시기가 아니라서…. 미안…."

"사과할 일은 아니잖아. 이런 건 가장 개인적인 비밀이고. 네가 얘기하고 싶지 않다면 그런 거지."

다이후쿠의 반응은 하나하나 어른스러웠다. 내가 되고 싶은 이상적인 고등학생상이 거기 있었다.

그에 비해 나는 어떻게 생각해도 허당이었다.

아, 이러면 안 된다는 생각에 반성하기 위해서 왼팔을 꼬집었다. 자학하는 버릇을 버려. 사고를 긍정적으로 바꿔. 그 정도는 아싸도 할 수 있다. 인싸가 아니어도 긍정적인 사람은 될 수 있다.

이를테면, 마침 다이후쿠가 있으니까, 여자에게 데이트 신청하는 법이라도 물어보면 된다.

그건 그것대로 친구를 너무 공리주의적으로 대하나? 아니, 친구 할인으로 싸게 달라는 식의 요구를 하는 것도 아니니까 괜찮겠지.

그렇게 신경 쓰인다면 일반론으로 자연스럽게 물어보면 된다.

"있잖아… 연애 방면으로 나보다 훨씬 앞서 있는 다이후쿠에게 질문이 있는데."

말을 꺼내고 보니 자연스럽기는커녕 작위적이었다.

이런 건 자연스럽게 물어보자고 생각한 시점에 이미 틀린 걸지도 모른다….

"여자에게 능숙히 데이트를 신청하는 요령 같은 게 있어?"

말하기 멋쩍어서, 벽 쪽에 있는 다이후쿠를 보던 시선을 뒷마당 쪽으로 돌렸더니 까마귀가 되게 많이 모여 있었다. 다이후쿠가 모은 걸까.

"그거 진지하게 대답해야 하는 거지? '이야~ 영화표가 우연히 두 장이나 생겨서 말이야~ 같이 보러 가지 않을래?' 같은 걸 제안하면 안 되는 거지?"

"안 된다고 할까, 그런 국면은 현실에서 발생하지 않고, 특정한 누군가한테 콕 집어서 말하면 노골적이잖아."

이성과 함께 영화를 보러 가는 상황은 픽션에서 흔히 나오는데, 실제로는 어떨까? 영화가 재미없을 경우, 끝난 뒤에 감상을 말하면서 서로 디스를 주고받게 된다. 영화의 재미에 과하게 운을 맡기는 것이라 좋지 않은 것 같다. 잘 아는 녀석은 재미있다고 확신이 가는 영화를 제대로 고르는 걸까.

다이후쿠는 한동안 까마귀를 바라보다가 이윽고 입을 열었다.

"데이트를 신청하기 전에 그 아이와 만날 기회를 늘리는 게 좋지 않을까? 취미가 같아서 똑같은 모임에 둘 다 나가고 있다면, 데이트라는 형태로 가기 전에 서로를 알 수 있잖아. 그래서 이건 잘 되겠다 싶으면 둘이서 어딘가 가자고 말하는 거지. 데이트라고 의식하지 않을 만한 태도로 말한다면 더 자연스럽게 앞으로 나아갈 수 있을 거야."

"…그렇군."

내 경험이 너무 얕은 탓에 반응이 둔해졌다. 살짝 미안했다.

"미리 대면하는 일을 늘린 다음에 승부에 나선다. 맞네. 아주 옳은 방법 같아."

"나도 딱히 연애를 잘 아는 건 아니니까. 정공법밖에 없어."

나는 다이후쿠가 말해 준 방법을 내 상황에 대입해 봤다.

아이카와는 인관연에서 매우 자주 보고 있다.

게다가 데이트라고 의식하지 않고 둘이서 쇼핑하러 가기도 했다.

함께 시험공부도 했다.

역시 '언제 만나서 고백하느냐'만 남아 있다!

성의 해자는 전부 메꾼 거다. 언제 돌격 명령을 내리느냐만 남았다.

교사 뒤편으로 바람이 불었다. 교복 사이로 바람이 들어왔는지 한기가 들었다. 뭔가를 태운 탄내도 이제 나지 않았다.

아니, 이 떨림은 흥분으로 인한 떨림이다. 그렇게 만들자!

나는 아이카에게 데이트를 신청한다!

"아, 나리히라. 이왕 온 거, 연습도 보고 갈래?"

갑자기 아이카와 만날 기회가 생겨 버렸다.

★

이벤트 연습은 강당에서 하고 있었다.

연극부가 사용하는 무대 맞은편의 빈 공간이 연습 장소였다. 둘 다 비슷한 일을 하고 있는 것처럼 보였다.

"아, 나라히라 군. 수고 많아요!"

제일 먼저 아이카가 말을 걸어왔다.

기쁘지만, 갑자기 긴장이 되었다. 해자를 메꾸는 거야 단순

노동 감각으로 할 수 있어도, 성에 돌격하려면 목숨을 걸어야 하니까 무서워지기도 하는 법이다.

다만 나를 본 사람은 아이카뿐만이 아니었다. "아, 하구레다." "하구레 선배." 하는 목소리가 들렸다.

내가 타카와시와 함께 출연해 달라고 교섭한 학생들이었다.

강당에 들어왔으니까 시선을 받는 건 당연했다. 하지만 단순히 '학생 아무개'라든가 '드레인을 가진 위험한 녀석'이 아니라 '하구레 나리히라'로 보고 있다는 생각이 들었다.

게다가 기피하는 시선도 아니었다. 굳이 따지자면 동료 취급에 가까웠다. 이벤트와 관련 있는 사람이니까 정말 동료라고도 할 수 있고.

내 취급, 많이 좋아졌구나.

마침 에리아스가 이능력자 몇 명에게 지시를 내리고 있었다.

"응. 거기서 후세가 안개를 만들어 줘. 10초쯤 있다가 타마루가 눈을 내릴 거지만, 여긴 강당이니까 지금은 패스. 타케다, BGM에 에코를 더 넣어 줘."

그곳에는 제법 많은 이능력자가 모여 있었다.

대부분이 나랑 타카와시가 모아 온 멤버였다.

"꽤 느낌이 괜찮지?"

연습 풍경을 응시하는 내게 타카와시가 말을 걸어왔다.

의기양양한 모습이라 그런지 평소보다 표정이 부드러웠다.

아무것도 모르는 녀석한테는 여전히 부루퉁해 보일지도 모르지만, 이건 상당히 기분이 좋은 축에 들었다. 아무리 신이 나도 타카와시가 아이카처럼 웃는 일은 없다.

"평소에는 무력해도 이렇게 모이면 그럴싸한 일을 할 수 있어. 다 쓰기 나름이지."

"협력해 주는 분들을 물건처럼 말하지 마."

SNS라면 욕을 잔뜩 먹었을걸.

다만 이능력자가 협력해서 뭔가를 완수하는 일은 평소 학교생활 중에서도 좀처럼 볼 수 없는 일이라 확실히 감동적인 면은 있었다.

권유받은 학생의 참가율은 꽤 높아 보였다.

그저 우연히 한가했기 때문이 아니라, 자신의 이능력으로 무대를 돕고 싶은 사람이 많았기 때문이리라.

우발적으로 손에 넣어 버린 이능력을 이왕이면 좋은 쪽으로 쓰고 싶다고 생각하는 것이 사람의 마음이다. 표현이 딱딱한 것 같지만, 인정받은 듯한 느낌이 드는 걸지도 모른다. 드레인이 도움이 되는 자리도 좀 더 존재했으면 좋겠다.

"아무튼 타카와시 너는 무슨 역할이야?"

마음속 오픈으로는 직접 활약할 수 없다. 자동적으로 이능력을 쓰지 않는 형태로 참가하게 될 터.

나도 그렇지만, 이능력으로 활약할 기회가 있기는커녕 이능력이 방해되는 것은 참 어렵다.

“뭐든 하겠지. 그레 군보다는 낫다고 생각해. 그보다 그레 군은 당일에 뭐 해?”

듣고 나서야 새삼 깨달았다.

“…난 당일에 뭐 하지….”

지금은 대도구를 만들고 있지만, 그건 사전 작업이지 이벤트 중에 하는 일은 아니다.

눈앞에 있는 일을 신경 쓰느라 거기까지 생각하지 않았다.

“드리코한테 물어보는 게 좋을 거야. 가긴 했는데 아무것도 안 하고 우두커니 서 있게 되면, 올해의 마지막에 비교적 안 좋은 추억이 생기게 돼.”

“그렇지…. 에리아스라면 나한테 줄 일을 깜빡할 것 같기도 하고….”

“깜빡할 것도 없이, 그레 군의 쓸모는 전용으로 만들어 주지 않는 한 아무것도 없으니까 사전 준비만으로 끝날 수도 있어.”

사전 준비만 시키고 당일에는 할 일 없음. 심지어 별로 친한 녀석도 없어서 종료 후 뒤풀이에는 참가하지 못했던 중학생 때의 문화제 기억이 되살아났다.

틈을 봐서 에리아스에게 말을 걸어 보려고 했지만, 연습이 일단락되질 않아서 어려웠다.

그 탓에 학생의 위치를 확인하고 있는 아이카와 시선이 마주

쳤다.

당연하다는 듯 아이카는 미소로 화답해 줬다.

기쁘다.

그런데 동시에 만족하지 못하는 내가 있었다.

외톨이라 혼자 쓸쓸히 보냈던 작년과 비교하면 하늘과 땅만큼 차이가 나는데, 비교할 필요도 없을 만큼 행복한데, 뭔가를 더 추구하는 내가 있었다.

나는 사치스러운 걸까.

사치스럽더라도, 여기서 멈추면 후회한다. 외톨이였을 때의 후회도, 지금 상태로 하는 후회도, 똑같은 후회임은 틀림없다. 후회하고 싶지는 않았다.

잠시 기다리니 연습이 일단락되었다.

에리아스도 대본을 보고 있었고, 작업 중인 건 아니라서 말을 걸었다.

"에리아스."

"아, 대도구네."

불친절한 얼굴로 에리아스가 말했다.

"직책으로 부르지 마…. 있잖아, 내가 당일에 할 일은 있어? 사전 작업만 하고 당일엔 서 있기만 하는 건 괴로워."

에리아스는 허공 쪽으로 시선을 들었다. 생각 중인 듯했다. 그리고 다시 나를 보았다.

"아아, 응. 없진 않으니까 괜찮아. 밋밋한 일이지만."

"그건 딱히 상관없어. 내가 센터에 서서 뭘 하겠어."

일단 최악의 사태는 막은 것 같으니 좋게 생각하자. 아이카에게 멋있는 모습을 보여 줄 수 있는 일이라면 더 좋겠지만, 그건 너무 편의적인 얘기겠지.

"참고로 이벤트 준비 쪽은 어때?"

내가 대답을 들은 탓에 대화가 뚝 끊어져 버렸기에 겸사겸사 에리아스에게 전체 상황도 물어보았다.

에리아스는 하얀 이를 보이며 웃었다.

"완벽해. 학생회장으로서 처음 하는 일이니까 말이지."

스포츠도 아니고, 기합이나 집중력으로 어떻게든 되는 일은 아니겠지만, 그래도 에리아스의 의욕은 느껴졌다. 헛짓을 하지는 않을 거다.

날 보던 에리아스의 시선이 다이후쿠 쪽으로 이동했다.

또 하얀 이가 드러났다. 뭔가 꾸미고 있는 얼굴이었다.

"다이후쿠, 이쪽은 일손이 충분하니까 대도구 쪽을 도와주지 않을래?"

바로 그 의도를 알게 됐다.

에리아스는 다이후쿠를 시오노미야에게 보내려고 했다. 공동 작업을 하라는 건가.

하지만 그건 위험하지 않을까…?

이런 건 괜히 신경 써도 좋을 게 없을 것 같다. 그리고 만약 선불리 참견했다가 관계가 악화되면 다이후쿠에게 평생 원망 받을 위험도 있었다.

그래도 주의를 줘야 할지 망설여졌다.

솔직히 말해서 긁어 부스럼 만드는 꼴이다.

아무것도 모른다는 태도로 있으면 내가 책임질 일이 없다는 것만큼은 분명했다.

하지만 그건 다이후쿠의 친구로서 괜찮은 걸까?

입을 반쯤 벌리고 오른손을 살짝 앞으로 내민 채 멈춰 버렸다.

효험이 없을 듯한 마네키네코 포즈가 되었다.

그때, 뒤에서 누군가가 어깨를 툭툭 두드렸다. 내 어깨를 두드리는 사람은 드레인을 모르는 사람이거나, 알아도 신경 쓰지 않는 사람이거나, 둘 중 하나다.

후자였다.

아이카가 온화하게 웃으며 고개를 가로저었다.

"두 사람을 믿기로 해요."

아이카는 나한테만 들릴 만한 목소리로, 어리숙한 행동을 나무라듯 속삭였다.

그럴 상황이 아닌데도 그 목소리에 두근거렸다.

"어, 응…."

여전히 입이 벌어져 있었기에 내 목소리는 자연스럽게 작아졌다.

아이카가 지척에서 또 웃었다. 드레인을 가지고 있는 사람은 나인데, 내가 아이카에게 뭔가를 뺏기고 있는 기분이 들었다.

어깨에 힘이 잔뜩 들어가 있음을 스스로도 알 수 있었다.

이 타이밍에 아이카와 가까워진 탓에 여유란 것이 사라졌다. 분명 아이카가 보기에도 내 거동은 수상쩍을 거다….

완전히 연인 사이의 거리잖아….

TPO도 타이밍도 전부 내다 버리고 이 자리에서 고백하고 싶다는 만용까지 들었다.

아니, 너무 과하다고 할까, 내가 생각하기에도 심경의 변화가 갑작스러웠다.

나는 매혹화의 영향을 정통으로 받고 있는 듯했다.

이건 과거 최대급의 영향이다…. 미니스커트 산타 때보다도 강력하다니 실화인가…?

아아, 그때와 달리 바로 근처에 아이카가 있는 탓이다.

가까울수록 드레인의 효력이 큰 것처럼, 아이카의 매혹화도 물리적인 거리가 가까운 상대에게 사랑의 불을 지핀다. 그런 아이카가 내 어깨를 건드릴 만큼 옆에 있었다. 매혹화를 정통으로 먹어도 이상하지 않았다.

일단 냉정해지자. 지금 무슨 말을 하든 아이카의 신뢰는 얻을 수 없다. 뜬금없이 고백하는 건 더더욱 그렇다. 최악에는 이 능력이 쓸데없는 작용을 했다며 아이카를 상처 입히는 결과가 될 수도 있다.

심호흡이라도 하고 싶었지만, 아이카 앞에서는 불가능했다.

침을 천천히 삼켰다. 침을 삼키면 마음이 진정될 거라고 스스로 자신에게 암시를 거는 거다. 그러지 않으면 대참사가….

"자, 연습을 재개하자!"

에리아스의 그 말이 울려서 나도 이성을 되찾았다.

다시 강당에서 이능력자들이 당일 선보일 무대를 확인했다. 엄청난 무대라고 할 정도는 아니지만, 참가 예정인 학생들이 그런대로 진지하게 임하고 있다는 것은 알 수 있었다.

자연스럽게 아이카도 연습하는 쪽을 보았다.

다행이다. 결과적으로 에리아스에게 도움을 받았다. 에리아스에게 날 도와줄 의도는 전혀 없었겠지만.

연습 풍경을 바라보는 아이카의 얼굴이 굉장히 처량해 보였다.

"아이카는 당일에 뭐 해?"

내버려 둘 수 없어서 일단 말을 걸었다.

내 목소리를 듣고 퍼뜩 정신이 든 것처럼 아이카가 나를 돌아보았다. 어느새 인간이 근처에 있음을 깨달은 길고양이 같은 반응이었다.

아이카의 얼굴에 평소와 같은 미소가 떠올랐다.

"저는 보조에 전념할 거예요! 안 보이는 곳에서 세이고의 무대를 도울 거예요!"

아이카의 그 미소만 봤다면 나도 아무런 생각을 안 했겠지만….

그 전의 처량한 표정과, 그걸 들켰다는 듯 흠칫했던 표정을, 나는 보았다.

아무리 둔감한 인간이라도 아이카가 이벤트에 특별한 감정을 가지고 있다는 건 알 수 있었다. 알 수밖에 없었다.

그리고 나는 아이카가 어째서 처량한 표정을 지었는지 알고 있었다.

아이카는, 무대에 올라서 눈에 띄는 게 무서운 거다. 이능력이 발동했던 표창 집회 때가 떠오르니까.

…아니, 그게 원인이더라도, 그것뿐이라면 아쉽다는 표정은 짓지 않는다. 아이카는 미련을 느끼고 있었다.

아이카는 무대에 서서 활약하고 싶은 거다.

그게 표창 집회 때의 리벤지가 되니까.

생각해 보면 당연한 일이었다. 나도 한 걸음 앞으로 내딛고 싶다는 마음만큼은 줄곧 간직하고 있었다. 아이카라면 좀 더 직접적으로 실패를 넘어서고 싶다고 생각할 것이다.

넘어섰음을 확인하는 가장 간단한 방법은 비슷하게 무대에

서서 역할을 완수하는 것이다.

아이카가 아까 보였던 본연의 얼굴은 이제 웃는 얼굴로 덮어 씌워져 있었다. 즐거운 듯이, 아무런 불만도 없다는 듯이, 연습 풍경을 바라보고 있었다.

연습용 BGM이 크게 흘러나와서 무대와 우리 두 사람을 분단하고 있었다.

"드리드리도 연출가처럼 당당하네요~ 한 달 정도 착실하게 연습한 것 같은 분위기예요."

뭔가 말해야 할까.

전혀 모르겠다.

경솔한 소리를 하면 아이카를 상처 입힌다. 애초에 내가 가볍게 '무대에 오르고 싶지?'라고 말할 권리가 있을까?

그리고 상대방의 본심을 알아맞혀 버려서 상대를 상처 입히거나 화나게 하는 일도 있다. 내 말이 정답이라고 다 용납되는 것은 아니다.

역시 위험성이 너무 크다. 아이카가 먼저 무대에 오르고 싶다고 말한 것도 아니고…

연습 중인 학생들은 산타 같은 의상을 입고 있었다. 나랑 아이카가 함께 산 옷감으로 만든 의상이었다.

그보다 훨씬 앞에 있는 아이카도 여전히 내 시야 속에 있었다.

그래서 그런지, 산초판사에서 산타복을 입어 보던 때의 아이카가 머릿속에 떠올랐다.

그때 아이카는 무척 즐거워 보였었다.

그렇지 않았다면 미니스커트 산타복까지 입어 보지는 않았을 것이다.

무대에 서고 싶은 거구나, 아이카.

앞으로 가도록 등을 밀어 주고 싶다.

물리적으로 밀면 드레인으로 공격하는 게 되지만, 정신적으로 밀어 주는 거라면 나도 할 수 있잖아.

크리스마스는 앞으로도 매년 찾아오겠지만, 고등학생 때 맞이하는 크리스마스도, 이벤트로서 맞이하는 크리스마스도, 한정되어 있다.

문제는 무슨 말을 하느냐…인데.

힘내라고 할까? 너무 추상적이다. 응원한다고 할까? 그러니까 뭘 응원한다는 건데. 무대에 오르고 싶은 거지, 라고 할까? 가장 정답에 가깝다고 생각은 하지만, 그만큼 극약이다. 만약 아이카가 아니라고 부정한다면 그걸로 끝나 버린다.

그런가. 내가 아이카의 마음을 멋대로 대변하니까 부정당할 위험이 생기는 거다.

그렇다면 내 소망을 말하면 된다.

"아이카."

"네, 왜 부르세요?"

아이카가 내 쪽으로 얼굴을 돌렸다.

"…아이카가, 산타복을 입었으면 좋겠어."

일순 시간이 멈췄다.

"가, 갑자기 왜 그래요? 나리히라 군. 예비 의상이 있긴 하겠지만…."

아이카도 잘 이해가 안 간다는 표정을 짓고 있었다.

큰일이다! 빗나갔다! 엄청난 폭투다!

"아니, 그게, 이건 말이지… 크리스마스라고 하면 여자의 산타 코스프레니까…."

안 되겠다. 나도 내가 혼란 상태라는 것은 잘 알겠는데, 어떻게 수습을 꾀하면 좋을지 전혀 모르겠다!

이미 돌이킬 수 없는 거. 솔직히 전부 말해 버리자. 아무런 서론도 없이 말하는 것보다는 낫겠지.

"틀렸다면 무시해도 되는데…."

그래도 최대한 안전망을 마련해 두려고 하는 자신의 좀스러움이 느껴졌다.

"아이카, 사실은 무대에 오르고 싶지 않아? 그야 보조하는 것도 중요하긴 하지만… 무대 쪽 일을 더 하고 싶은 거 아니야?"

아이카는 일순 눈을 크게 떴다가 금세 평소처럼 웃었다.

"음~ 관심이 없진 않지만, 아이카의 이능력은 무대에서 선보일 만한 게 아니니까요."

둘러대서 넘어가려 하고 있었다.

무대에서 선보일 만한 타입의 이능력이 아니니까, 그건 맞는 말이다.

그렇기에 진심이 숨어 있다는 생각이 들었다.

"산타복을 입어 봤을 때의 아이카는 무척 즐거워 보였어. 그래서 무대에도 나가고 싶은 게 아닐까, 생각했어. 쓸데없는 참견일지도 모르지만, 만약 아이카도 무대에 나가고 싶은 거라면 나가는 게 좋아. 그… 지레 포기하고 나중에 후회하는 건 나도 질리도록 체험했거든…."

잘 설득하고 있는 건지 나도 모르겠다. 다만 별로 자신이 없어서 말수가 많아졌다는 건 알 수 있었다.

아이카는 쓸쓸하게 고개를 가로저었다.

"나리히라 군, 아이카의 이능력을 너무 얕보고 있어요. 나리히라 군도 다른 사람을 쇠약하게 만들어도 좋으니 스모 대회에 나가라고 하면 곤란하잖아요?"

"나는 타카와시처럼 스모에 관심이 있진 않지만, 하고 싶은 말이 뭔지는 알겠어."

타인에게 폐를 끼치는 이능력이니까, 나도 아이카도 상대의 마음을 헤아릴 수 있었다.

처음부터 민폐를 끼칠 방도가 없는 이능력을 가진 사람은 이걸 상상할 순 있어도 실감하지는 못할 것이다.

"이번 이벤트도, 드리드리도, 다른 사람들도 모두 좋은 사람이고, 아이카가 무대에 나가고 싶다고 하면 그러라고 할 거예요. 잠깐 정도라면 괜찮을 거라고 말해 줄 거예요. 하지만… 하지만… 아이카는 아이카의 이능력을 믿을 수 없어요."

이제 아이카는 웃고 있지도 못해서 고개를 숙여 버렸다.

자신의 이능력을 믿을 수 없다니, 정말이지 괴로운 말이다.

그건 자신을 믿을 수 없다는 말과 같았다.

하지만… 아이카는 진심으로 납득하고 있는 게 아니다. 포기한 게 아니다.

그랬다면 애달픈 얼굴은 하지 않는다. 아이카는 포기하지 못하고 있었다.

나는, 아이카의 등을 밀어 주겠다.

과한 일일지도 모른다. 과한 간섭이라고 비난받을지도 모른다.

하지만 나는 과한 간섭에 한 번 구원받은 적이 있었다.

표창 집회 때, 타카와시는 도망치려고 했던 나를 말려 줬다.

그때 타카와시가 나를 포기했다면, 나는 친구라고 할 수 있는 인간이 아무도 없는 채로 여전히 우물쭈물하고 있었을 터다.

이번 일로 아이카가 날 싫어하더라도, 그건 그때다.

적당히 딱 좋은 거리감으로 안전히 지내자는 태도를 유지한 채 사귀고 싶다는 건 개소리잖아! 그래서야 애인은커녕 친구인지조차 의심스럽다!

“자신의 이능력은 믿을 수 없어도, 인관연과 학생회 사람들은 믿을 수 있지?”

나는 내 가슴을 툭 쳤다.

“아이카가 아무런 관심도 없다면 상관없지만, 그렇지 않을 거야. 그 정도는 나도 알 수 있어. 포기하려는 거지? 이런 건 말이야, 절대 포기하지 않는 게 좋아. 출처는 바로 나야! 줄곧 죄다 포기해서 흑역사투성이인 나!”

다시 한번 내 가슴을 쳤다.

상당히 목소리를 높였다고 생각했는데, 그래도 연습하느라 튼 BGM에 묻힐 것 같았다. 나와 아이카가 언쟁 중이라는 걸 아무도 눈치채지 못했을 것이다. 뭐, 거의 나 혼자 떠들고 있지만.

“내가 지금 인관연에 있는 건, 모두가 있어 주고 도와줬기 때문이야. 아이카도 도와줘어. 아이카가 위기에 처하면 내가 도울 거야. 타카와시도, 시오노미야도, 에리아스도 아이카를 도울 거야.”

똑바로 아이카를 바라보았다.

고개를 숙이고 있던 아이카도 얼굴을 들고 나를 보고 있었다.

“그러니까, 포기하려는 게 있다면… 그러지 마. 무대에 서고

싶다면 서. 나는 친구인 아이카가 후회하는 모습 따위 1초도 보고 싶지 않아."

죄다 말했다.

내가 생각하기에도 왜 이렇게 확실히 말할 수 있었는지 모르겠지만….

아마 나나 아이카나 그리 다르지 않다고 생각했기 때문이려나.

지금까지 나는 아이카가 한 걸음을 내디딜 수 있는 사람이라고 생각했다. 나와는 다른 강한 사람이라고.

하지만 아니었다. 나나 타카와시와 마찬가지로 이능력 때문에 고민하고, 타인을 상처 입히거나 타인에게 상처 입는 것 때문에 고민하는 한 사람이었다.

타카와시가 내 등을 밀어 주고, 내가 타카와시의 등을 밀어 줬던 나날을 떠올렸다.

처지를 동정받고 싶은 것은 아니다.

처지를 불쌍히 여겨 줬으면 하는 것은 아니다.

나는 누군가가 내 등을 밀어 줬으면 했었다. 한 걸음씩이라도 걷는 걸 도와줬으면 했었다. 그것도 처음에는 타카와시를 귀찮게 여기다가 나중에야 겨우 고마워했을 정도니까, 아이카가 느끼기에 지금의 나는 그저 짜증나는 얘기를 하는 녀석일 뿐일지도 모르지만.

그렇게 여기더라도, 그건 그것대로 괜찮겠다는 생각이 들었다.
아이카는 한동안 아무 말도 하지 않았다.
다만 연습하는 소리가 강당에 울리고 있어서 무료하다는 느낌은 안 들었다.
잠시 후.
"나리히라 군은, 치사해요."
아이카는 수줍게 웃었다.
그 표정을 통해, 진짜로 비겁하다고 비난하는 게 아니라는 것은 알 수 있었다.
"치사하지만, 역시 멋있어요."
"멋있다고? 정말로?"
굳이 따지자면 자신의 치부를 드러내서 설득한 것 같은데….
이미 아이카는 연습 중인 무대 쪽을 보고 있었다.
"드리드리, 아이카도 무대에 오르고 싶은데 괜찮을까요~?"
아이카는 그렇게 말하며 달려갔다.
한 걸음 앞으로 내디뎠다.
옳은 건지 틀린 건지, 엄밀하게 정의할 수는 없을지도 모르지만.
지금 내가 한 일은 아이카와 내 안에서는 옳은 일이었다고 생각한다.
이번엔 내가 한 걸음 앞으로 내디딜 차례지.

문제는 매혹화의 영향이 어느 정도인지 여전히 모른다는 건데….

몇 퍼센트가 내 안에서 생긴 거고, 몇 퍼센트가 매혹화 탓인지, 나름대로 파악해 두는 게 좋겠다. 그건 내 의무다. 아이카도 매혹화를 의식해 버릴 테고, 가장 먼저 그에 대한 답을 내야 한다.

이 마음이 진짜라고 증명하고 아이카에게도 인정받아야 한다.

만약 그게 된다면.

크리스마스에 마음을 전하겠다.

내가 드레인이라는 최악으로 성가신 이능력을 가지고 있다는 것도 도외시하고서.

아이카와 얘기하던 흥분이 아직 남아 있는 탓인지, 왼쪽 눈에 살짝 눈물까지 맺혔다.

하지만 딱히 고백한 것도 아니었다. 시오노미야에게 고백한 다이후쿠가 훨씬 더 위대하다.

그 다이후쿠는 시오노미야와의 커다란 승부를 앞두고 있었다. 나도 크리스마스에 해야 할 일을 하자.

강당에서 할 일이 없었던 나는 시뮬레이션실로 돌아갔는데, 다이후쿠도 시오노미야도 서로 이상하게 의식하지 않고서 일하고 있었다.

그게 보통이겠지.

내 내면이 아무 일도 일어나지 않았으면서 너무 움직이고 있을 뿐이다.

★

"아니지~ 간절함이 전해지질 않아."

옆에서 묘조 선배가 불평했다. 아니, 지도니까 불평이 아니라 의견이라고 해야 하나.

종업식 다음 날이자 크리스마스 이벤트 이틀 전. 오늘은 토요일이지만, 이벤트 준비 때문에 학교에 모이기로 했다.

나는 또 이른 아침에 공원에서 드레인을 제어하기 위해 연습 중이었다.

저번에는 공이었는데, 이번에는 더 작은 강아지 지우개였다.

흙 위에 놓인 지우개는 작은데도 이물감 때문인지 눈에 띄었으나, 역시나 그걸 열화시키지는 못하고 있었다.

근데 지우개는 열화되면 구체적으로 어떻게 되는 거지? 변화를 알기 어려운 물건은 고르지 말았으면 좋겠다.

"저는 열심히 하고 있어요. 아침에 여기 와서 연습하는 것부터가 그런대로 간절한 거죠. 안 간절했으면 안 왔어요."

진정성이 없다는 취급에는 항의하고 싶다. 정열이라고 할 만한 건 없지만, 의욕은 있다.

"아니, 부족해. 아직 자신의 껍데기 속에 틀어박혀 있는 부분이 있어. 달팽이처럼."

묘조 선배는 거기가 정위치라는 것처럼 또 그네를 둘러싼 철책에 앉아 있었다.

"달팽이는 그런 생태인 거지, 내향적이라서 그런 게 아니에요."

그게 아니라면 달팽이라는 생물은 전부 내향적인 녀석이 되어 버린다. 껍데기가 없는 민달팽이는 전부 외향적인 거냐고.

"달팽이는 어찌 되든 좋지만, 아직 약해. 드레인을 세이브하게 되면 자신이 바뀔 거라는 마음이 전해지지 않아. 내가 너였다면 어떻게 해서든 드레인을 노력으로 봉인하려고 했을 거야."

"본인은 이능력을 자유롭게 다룰 수 있다고 우위를 과시하지 말아 주세요."

상급생이긴 하지만, 이 선배에게는 비교적 내 생각을 말할 수 있었다. 가벼운 캐릭터라서 말하기 편했다.

"어쩔 수 없지~ 그럼 널 위해 부끄러움을 무릅쓰고서 말하기로 할까."

선배는 생색내듯 말하더니 일어나서 내 쪽으로 다가왔다.

그리고 검지로 내 턱을 눌렀다.

"드레인을 세이브하지 못하면 장시간 키스도 못 하잖아?"

"하, 하아?!"

두 가지 의미로 혼란스러웠다.

하나는 선배의 얼굴이 가깝다는 거였고, 또 하나는 말한 내용이 노골적이라는 거였다.

"아, 깜짝 놀라서 도망치는 작전을 쓰려는 거지? 민망하지만 중요한 일이잖아. 키스를 할 수 있느냐 없느냐는 연인 사이에서 무시할 수 없는 차이야. 평범하게 사는 사람에게는 불필요한 핸디캡인걸."

"하고 싶은 말이 뭔지는 알겠으니까, 일단 떨어져 주실래요?"

이 사람은 상대의 의표를 찌를 수 있다면 상당히 극단적인 일도 해서 불안했다. 정말로 키스하려고 들 우려가 있었다.

"더 민망한 얘기를 할까. 키스보다도…."

"대충 알 것 같으니까 말 안 해도 돼요! 지금 저는 선배가 상상하는 걸 상상하고 있으니까요!"

이 사람은 내가 본격적으로 생각하지 않으려고 했던 것을 들이댔다!

"이히히~ 음란해라~"

선배는 그렇게 의도적으로 말해야 나올 웃음소리를 내며 내게서 떨어졌다.

"먼저 말을 꺼낸 사람은 선배예요. 선배도 음란하다고요."
"이런 생각을 전혀 안 하는 고등학생이 더 부자연스럽잖아."
여기서 정론을 말하는 건 비겁하다. 근데 그렇다면 나도 딱히 음란한 건 아닐 텐데?
"중요하지? 매우 중요하지? 드레인을 자유자재로 제어할 수 있으면 그것도 가능해지는 거니까, 수험 공부 같은 것보다 훨씬 기합을 넣고서 연습에 몰두해야 한다고. 뭐, 나는 추천으로 대학에 합격해서 수험 공부의 기합이라고 해도 실감이 안 나지만."
마지막 한마디로 설득력이 떨어졌다.
"그, 그쪽 방면은 현재 안달 낼 필요도 없어서…."
"안달 내야지!"
선배가 큰 목소리로 말했다. 공원에 목소리가 그럭저럭 울렸다.
"향후 몇 년간 여자 친구가 생길 비율이 100명 중 한 명꼴인 것도 아니잖아! 그럭저럭 일어날 수 있는 일이잖아! 그런데 왜 합체할 가능성을 고려하지 않는 거야?! 간절함이 부족하다는 건 그걸 말하는 거야!"
"합체라고 하지 마!"
표현이 남사스럽다고.
"뭐 어때. 오히려 고등학생인데 모르는 게 더 문제야. 순수하게 보건체육 수업을 안 들었다는 말이기도 하고. 아무튼 그 부분과 마주해!"

나는 묘조 선배의 말에 압도되었다. 이곳에 의자가 있었다면 앉았겠지만, 안타깝게도 근처에는 벤치도 없었다.

"선배의 말이 정론이라는 건 알아요. 그리고… 정론이기에 대미지가 커요…."

"그러니까 마주해야지. 오히려 그 파워를 이용해서 드레인을 정복하겠다는 마음가짐이 필요해. 그 파워를 쓰느냐 마느냐에 따라 기합도 달라질 테고."

나는 다시 정위치인 철책에 앉은 선배를 향해 머리를 숙였다.

"…말하기 어려운 걸 말해 줘서 감사합니다."

말하자면 선배는 궂은 역할을 나서서 해 준 것이었다. 고마워하지 않는다면 벌을 받을 거다.

"그 말은 여자한테 욕먹으면 기뻐하는 타입이란 거야?"

"내 감사를 돌려줘!"

하지만 고맙다고 정면으로 말해도 이렇게 피한단 말이지.

타카와시에게 고맙다고 말해도 기분 나쁘다는 반응이 돌아오는 것과 비슷한 걸까. 인간은 감사를 받아도 겸손하게 넘어가거나 얼버무리는 생물일지도 모른다. 피하는 방법이 사람마다 다를 뿐.

"혹시 선배는 성실한 걸 숨기기 위해 불성실한 척하고 있는 건가요?"

겸사겸사 그렇게 물어봤다. 애초에 본심을 들을 수 있을 거라고 생각하지도 않지만.

"성실한지 불성실한지를 떠나서 이게 나야. 묘조 마호야. 세상의 시답잖은 잣대로 판단하면 곤란해~"

선배는 호걸처럼 호탕하게 웃었다. 다리도 상당히 호쾌하게 벌리고 있지만, 본인은 신경 쓰지 않는 것 같으니 괜찮겠지.

나는 이전보다도 더 기합을 넣어서 특정 대상에만 드레인을 가하는 트레이닝을 했다.

그렇게 바로 결과가 나오진 않아서, 남들 눈에는 여전히 염력을 쓰려고 하는 사람처럼 보일 것 같지만….

오랫동안 꿈쩍도 하지 않아서 밀려는 생각조차 안 했던 문이 열릴 가능성이 생긴 듯한 기분이었다.

트레이닝 내용이 충실해서는 아니었다.

주로 멘탈적인 부분 때문이었다. 나는 아이카의 일에 꽤 깊이 간섭했다. 어떤 의미에서 드레인을 제어하는 것보다 난이도가 높아 보이는 일을 했다.

그렇다면 드레인도 어떻게든 극복할 수 있지 않을까.

이론이 비약했다는 건 인정한다.

하지만 기합이 들어가 있는 건 사실이었다.

그리고 선배가 특훈으로 이능력을 자유자재로 다루게 됐다는 걸 믿는다면 가능성은 있다.

다만.

이전보다 더, 트레이닝 중에 특정한 누군가를 생각하기 껄끄러워진 면은 있었다….

앞으로 내 특훈은 전부 아이카와 친밀해지기 위해 하는 것이 된다.

남에게 민폐 끼치지 않는 인간이 되기 위해서라는 듣기 좋은 이유는 날아가 버렸다. 나는 아이카와 함께 지내고 싶어서 드레인을 어떻게든 하려는 것이다.

그리고 그런 이기적인 동기라서 드레인 제어에 성공할지도 모른다는 희미한 기대도 품고 있었다.

선배는 팔짱을 끼며 그럴싸하게 말했다.

"힘내. 에로는 어느 시대에나 문명을 발전시켰어. 너도 진화할 수 있어."

"역시 순수하게 노력하기 어려워!"

이날도 선배와 함께 등교하게 되었다.

나는 크리스마스 이벤트가 있어서 겨울 방학에도 등교해야 했지만, 선배는 왜 등교하는지 불명이었다. 그저 심심풀이로 왔을 거다.

근데 선배는 왜 교복이지? 입을 수 있는 날도 얼마 안 남았으니 입어 두자는 건가. 단순히 옷 고르기가 귀찮았거나. 이 사람이라면 둘 다 있을 법하다.

이왕이면 대학 입학이 확정된 3학년 친구와 놀면 될 것 같지만, 등교하는 시간부터 놀 수는 없겠지.

도중에 있는 주택가의 담장에 크리스마스용 전구가 설치되어 있는 곳이 두 채 정도 있었다.

“오, 일루미네이터의 집이야.”

“뭔가 미래에서 온 암살자 같은 표현이네요….”

“이왕 하는 거 여러 가지 행사 때 하면 좋을 텐데. 전구를 장식하는 게 크리스마스만의 특권도 아니고.”

“온갖 행사 때 하면 돈이 들잖아요.”

아마 선배는 지금 이능력으로 기척을 지우고 있지 않을 것이다. 그러니 아주 자연스럽게 나와 함께 등교하고 있는 거겠지. 나도 이상하게 의식하지 않고 얘기하고 있었다.

아이카와도 이런 느낌으로 등교할 수 있다면 좋겠다.

“그만큼 크리스마스가 다가왔다는 거네. 뭐, 합법적인 도박을 해 보려무나.”

그랬다. 이제 두 번 자면 이벤트 당일이다(낮잠이나 쪽잠은 제외한다).

나도 다이후쿠도, 도박에 나설 날이 가까워지고 있다는 말이었다.

다이후쿠는 이미 고백을 끝냈으니 동등하게 취급하는 건 실례일지도 모르지만, 긴장하고 있다는 점은 똑같을 거다.

"도박이라면 이기거나 지겠네요."

나는 별생각 없이 오른손을 꽉 움켜쥐었다.

"넌 전혀 모르는구나."

선배가 내 어깨를 툭툭 두드렸다. 허물없는 회사 상사 같다고 생각했다. 드레인을 알면서도 다가오는 선배에게 나는 마음속으로 고마워했다.

"도박은 이길 때까지 하는 거야. 그러니 지는 일은 없지."

"그거, 확실하게 글러 먹은 인간이 하는 말이에요…."

"하지만 질 걸 생각할 바에야 처음부터 도박 같은 건 하면 안 되잖아."

이번에는 조금 명언 같았다.

이미 선배는 나와 거리를 두고 있었다.

"선배, 아니, 코치님. 감사합니다."

이능력 면으로는 아직 성장을 실감할 수 없지만, 멘탈 면으로는 이 사람에게 단련받았을지도 모른다는 생각이 들었다.

물리적으로 고립된 나의 고교생활

5 친구가 잘된 걸 보면 기쁘면서 조금 분하기도 하단 말이지

크리스마스 이벤트 전야, 식사를 마치고 내 방으로 돌아오니 스마트폰이 어둠 속에서 깜빡이고 있었다.

아이카가 보낸 LINE이 와 있었다.

[란란과 다이후쿠 군이 함께 있을 수 있도록 시간을 만들어 주고 싶어요! 그러니 이벤트가 끝난 뒤에는 너무 두 사람 곁에 있지 말기로 해요!]

지당한 전략이라고 생각한다. 우리가 계속 붙어 있으면 그저 괴롭힘일 뿐이다.

요즘은 플래시 몹을 이용한 프러포즈도 있는 것 같지만, 일반적으로 고백은 단둘이 있을 때 하는 거다. 게다가 다이후쿠가 이미 마음을 전했다는 건 다들 알고 있었다.

이런 상황에서도 두 사람 옆에 붙어 있는 녀석은 완전히 악의적으로 그러는 거라고 여겨져도 할 말이 없을 것이다.

아이카의 그 발언 뒤에 타카와시가 모르는 작품의 이모티콘을 투하했다. '굳이 말할 필요도 없는 걸 굳이'라고 짜증 나게 생긴 고양이가 말하는 이모티콘이었다. 진짜로 작품명을 모르겠다.

나도 뭔가 이모티콘으로 대화할까 싶었지만, 타카와시가 자길 따라 하지 말라고 할 것 같아서 심플하게 [오케이]라고 보냈다.

[독창성이라고는 전혀 없네.]

"결국 한소리 듣는 거냐!"

타카와시에게 쓸데없는 한마디를 듣는다는 운명으로부터 도망칠 수 없었나….

[확인해 줘서 고마워요!]

아이카의 답장도 바로 왔다.

솔직히 말하자면, '단둘'이 있는 게 특별하다는 개념을 너무 퍼트리지 말아 줬으면 좋겠다. 내가 아이카에게 데이트를 신청하기 어려워진다. 모처럼 나왔으니 둘이서 돌아다니자는 흐름으로 만들고 싶었다.

확실히 함께 시험공부는 했지만, 그건 어디까지나 공부였고, 특별한 시간이라는 요소는 별로 없었다. 아이카도 진지하게 공부했기에 그런대로 시험에서 성과를 낼 수 있었던 거다.

그리고 크리스마스 이벤트의 무대에서 아이카가 잘 해내는

지에 따라 그 후도 달라지겠지.

아니, 재수 없는 생각은 하지 말자! 나는 아이카가 아무 문제 없이 무대를 끝낼 거라고 믿는다. 그게 다다. 저번에 그렇게나 말해 놓고 믿지 않는 건 최악이다.

그때, 그룹 대화방에 들어와 있는 타카와시가 뭔가를 추가로 적었다.

[12월에 크리스마스 곡을 발매하는 가수를 믿을 수 없어.]

이 녀석은 무슨 말을 하고 싶은 거야…?

[그런 건 자기 마음이잖아.]

[자기가 원한 거라면 괜찮지만, 소속사나 음반 회사가 원해서 그런 경우가 더 많을 것 같잖아.]

이런. 반응할 필요가 없는 얘기에 반응해 버렸다.

그 후 나는 한동안 타카와시의 이해할 수 없는 불평을 LINE으로 듣게 되었다. 그럼 크리스마스 곡이 히트하면 한여름 라이브에서 그걸 부르는 거냐는 식으로 어찌 되든 좋은 얘기를 길게 했다.

나는 이벤트 전날에 뭐 하고 있는 걸까. 이상하게 의식하지 않고 내일을 맞이할 수 있으니까 오히려 나쁘지 않으려나?

끝이 안 날 것 같길래 적당한 곳에서 끊고 목욕하러 들어갔다.

예전에 산 콜라에 딸려 온 피규어를 욕실로 가져가서 그 녀석에게 드레인을 보내는 트레이닝을 해 봤다.

만약 이 드레인 피해가 사라진다면 나는 정말로 평범한 고등학생이 될 수 있다.

그게 내 목표일 텐데, 공포심도 다소 있었다.

드레인 문제가 사라지면, 나는 변명할 수 있는 이유를 전부 잃는다. 자기 책임이라는 말은 강자가 약자를 부정하는 문맥에서만 쓰여서 안 좋아하지만, 친구나 애인을 만들 수 있는지가 나의 개인적인 책임이 되는 건 사실이다.

"아아, 무른 구석이 있네…."

욕실 천장을 올려다보며 중얼거렸다.

"드레인을 변명으로 남겨 두고 싶다는 마음이 있어."

'어차피 나는 약자'라는 안전망을 지키려고 했다.

그 마음과 결별해야 앞으로 나아갈 수 있다는 걸 알면서도.

욕조 가장자리에 둔 피규어의 발치를 손가락으로 튕겼다. 피규어는 균형을 잃고 욕조 쪽으로 떨어져 가라앉았다.

상처받는 게 무서운 거다. 알고 있다. 초M인 녀석 말고는 누구든 상처받기 싫어한다. 그건 괜찮다. 하지만 나는 드레인 때문에 이미 상처투성이일 터. 그렇다면 다친 적 없는 녀석보다 훨씬 굳세게 나아갈 수 있을 터다.

역시 이능력을 탓하며 포기하고 싶지 않다. 아이카의 등을 밀어 준 내가 포기하면 너무 멋없고, 아이카에게도 실례다.

고2에 맞이하는 크리스마스는 인생에 한 번뿐이다.

그때 도망치지 말 걸 그랬다는 후회만큼은 하지 않겠다.

★

이벤트 당일은 다행히 비가 내리지 않았다. 노점도 있을 테니 열한 시에 집에서 가볍게 점심을 먹고, 열두 시 좀 지나서 자전거를 타고 역 앞에 도착했다.

당연하지만 이벤트는 역 앞 번화가에서 하는지라 활기찬 거리를 보게 되었다. 역에서 이어지는 보행자 천국 상점가가 넓은 도로와 만나는 곳 앞에 놓인 무대, 그곳이 이벤트 행사장이었다.

행사장으로 가면서 필연적으로 커플을 몇 쌍 보았다(개중에는 남매이거나 일 때문에 같이 걷고 있을 뿐인 사람, 그룹이 모이기 전에 우연히 남녀 콤비가 되어 버린 경우 등도 있겠지만, 판단할 수 없으니 둘이서 걷고 있는 젊은 남녀는 커플로 본다).

커플에게는 아무런 죄도 없지만, 짜증 나냐고 묻는다면 짜증 난다고 대답할 거다….

이벤트를 구경하는 사람 중엔 커플도 있을 텐데 이런 심리 상태여도 괜찮은 걸까. 어쩔 수 없지. 시샘은 인간의 본능 같은 거다.

할로윈 이후로 찾아온 행사장에는 이미 세이고 학생이 몇 명 모여 있었다.

인관연 멤버 중에서는 내가 첫 번째인 듯했다. 아이카가 와도 노골적으로 쭈뼛거리지 않도록 하자. 이상하게 여기기 이전에 기분 나빠할 거다.

세이고의 실행위원장이나 마찬가지인 학생회장 에리아스는 이미 본부석 같은 곳에 앉아 있었다. 페트병을 입에 대고 있었다.

라벨을 보고 '부회장 성수'인 줄 알았는데, 자세히 보니 '회장 성수'라고 되어 있었다. 확실하게 마이너 체인지가 들어가 있었다! 회장이 된 지 아직 한 달도 채 안 지났다고!

"하구레 나리히라, 출석했어. 체크해야 하는 거면 적어 둘게."

옆에서 에리아스에게 말을 걸었다. 교복 위에 크리스마스용 의상을 걸치고 있었다. 아이카의 클래스메이트가 양산한 옷이었다.

"아아, 왔구나. 저쪽 책상에 출결란이 있으니까 적어 둬."

에리아스가 가리킨 곳에 명부로 보이는 것이 놓여 있었다.

나는 그 앞으로 가서 내 이름 옆에 체크 표시를 했다.

"근데 내가 오늘 할 일은 결국 뭐야? 단순한 보결이라고는 하지 마."

여전히 듣지 못한 상태였다. 따로 신경 쓰이는 게 있어서 나도 확인을 안 하기도 했지만.

"그래, 시킬 일은 있으니까 괜찮아. 뭔가 시킬 테니까."

"여전히 두루뭉술한데, 믿어도 되는 거야…?"

의도적으로 아무것도 안 시킬 마음은 없는 것 같지만. 뭐, 할 일이 한두 개쯤은 있을 거다. 여차하면 머릿수 채우는 요원으로서 강제로 참가해 주겠다.

에리아스가 볼일 끝났다는 것처럼 손을 흔들었기에, 나는 주위로 시선을 돌렸다. 다이후쿠가 천막의 지지대 근처에서 자료를 확인하고 있었다.

다이후쿠 주위에는 유독 까마귀가 많았다. 크리스마스와 까마귀 사이에 관련성은 없겠지만, 동물은 어쨌든 눈에 띄니까 강력하다.

"안녕, 다이후쿠."

무시하는 것도 오히려 이상하고, 다가가서 인사만 했다. 겉으로 보기에 다이후쿠는 태연했다. 이상하게 긴장한 기색은 보이지 않았다.

"이벤트, 확실하게 성공시키자, 나리히라."

아주 당연한 말을 한다고 생각했지만, 시오노미야를 언급하는 게 더 이상하다.

"그래, 서로 힘내자."

나는 '서로'라는 부분을 강조해서 말했다.

그런 우리 곁으로 다른 남학생도 와서 셋이 잡담을 나누게 됐다.

내가 겉돌지 않고 잘 섞여 있었다. 제대로 숫자에 들어가 있었다. 예전 같았으면 어느새 나 혼자 드롭아웃 상태였을 텐데.

잘하고 있다. 잘 해내고 있다. 레벨업했다.

나는 오른손을 꽉 움켜쥐었다. 이 정도 일로 거창하게 환희의 포즈를 취할 수는 없었다.

그런데 다른 반 남학생이 꺼낸 잡담이 꽤 흥미로웠다.

"그거 알아? 보죠 선생님은 의욕이 없어 보이지만, 매년 1월 1일부터 3일까지 수험생용 특별 수업을 해."

"어? 진짜? 우리 반 담임이 보죠 선생님인데… 처음 들었어."

다이후쿠도 고개를 끄덕였고, 어느 정도 믿을 만한 출처가 있는 듯했다.

"3학년 사이에서는 꽤 유명한 얘기야. 선생님, 기모노 입고 과거의 함정 문제 같은 걸 중점적으로 가르쳐서 꽤 호평이라는 것 같아."

그 선생님, 그런 이상한 짓을 하고 있었던 건가….

"듣자 하니, 처음에는 새해를 함께 보낼 상대가 없어서 홧김에 학교를 열고 수업을 했더니 평범하게 호평을 받아서 연례행사가 됐다나 봐. 동아리의 3학년 선배에게 들은 얘기로는 그렇대."

"…그게 맞을 것 같아."

보조 선생님은 감히 우리가 가늠할 수 없는 잠재력을 가지고 있는 것 같다.

10분쯤 얘기하다 보니 참가자도 조금씩 모이기 시작했다.

특히 인관연은 거의 실행위원이라고도 할 수 있어서 타카와시도 빨리 왔다. 참고로 학생회의 과외 활동인지라 다들 교복을 입어야 했다.

타카와시는 나를 향해,

"응."

하고 오른손을 목 근처까지 들어서 대충 인사했다.

나도 비슷한 수준으로 인사해도 될 것 같았지만, 그래서는 재미가 없기에,

"메리 크리스마스."

하고 대답했다.

당연히 타카와시는 무시했다. 쓸데없는 한마디가 더해진 대답을 듣는 것과 무시당하는 것, 어느 쪽이 나은지 판단하기 어려운 문제다.

그런 타카와시보다 조금 늦게 시오노미야와 아이카가 왔다.

아무래도 예의 바르게 인사하고 다닌 듯했다. 모든 대기실에 순서대로 인사하러 가는 신인 연예인 같았다.

나는 평상심을 유지하라고 속으로 되뇌었다. 다만 그런 결심

과는 상관없이, 마음이 어지러워지기 전에 에리아스가 자기 자리에서 우리 쪽으로 왔다.

"그럼 다이후쿠와 시오노미야는 무대를 미리 확인해 줄래? 별로 오래 걸리지는 않을 테니까."

사장이 사원에게 분부하듯이 담담히 그렇게 지시했다.

"네, 알겠어요."

시오노미야는 싫은 기색을 조금도 내비치지 않고 대답했다. 만약 타카와시에게 부탁했다면 싫은 티를 팍팍 냈을 테니, 연애 요소를 빼고 보더라도 올바른 초이스였다.

시오노미야의 구김살 없는 그 표정을 보고 판단하건대, 다이후쿠와 사귀어도 좋다고 결정한 것 같다는 생각조차 들었다. 하지만 에리아스를 향한 표정이었으니 말이지. 연애 경험이 너무 없어서 모르겠다.

다이후쿠는 입을 좀 움찔거렸지만,

"그럼 갈까."

하고 부회장답게 시오노미야를 안내하며 무대 쪽으로 사라졌다.

다이후쿠의 싸움은 이미 시작된 것이다.

에리아스는 한동안 두 사람 쪽을 바라보고 있었지만, 쓸데없는 말은 그 이상 하지 않았다. 이 자리에서 이야기가 퍼지는 게 별로 좋지 않다는 것 정도는 알고 있을 거다.

아이카가 어쩌고 있을지 신경 쓰였지만, 지금 시선을 주는 건 노골적인 것 같아서 할 수 없었다. 그랬다가 아이카가 이상하게 긴장해 버리면 나는 그저 해악이 된다. 그것만큼은 피하고 싶었다. 어쩔 수 없이 내 시선은 에리아스를 향한 채 움직이지 못했다.

선의를 그대로 상대방에게 전하는 건 의외로 어려운 일일지도 모른다. 응원이 방해가 되는 일도 세상에는 많다.

"응. 사전 준비는 적은 인원으로도 가능하니까, 너희 인관연은 놀고 와도 돼. 20분 전에 돌아와 주면 문제없어."

오, 에리아스 녀석, 센스 있는 말을 하잖아.

"그보다 내년도 동아리 지원금을 50만 엔 줬으면 해."

하지만 타카와시는 칼같이 시답잖은 요구를 했다. 고맙다는 말은 최대한 안 하는 여자였다. 에리아스도 귀찮은 소리를 하는 녀석이라고 생각하는 게 얼굴에 드러나 있었다.

"…여기 있어도 좋지만, 할 일은 별로 없어. 놀러 가는 게 좋지 않겠어? 먼저 온 아사쿠마는 이미 친구랑 같이 놀러 갔어."

그렇군. 그럼 누군가를 기다릴 필요도 없는 거냐. 그리고 동아리 지원금은 흐지부지되었다.

"네~! 간단히 돌아볼게요!"

아이카가 그렇게 대답함과 동시에 타카와시의 손을 잡아끌었다.

“에링, 가요!”

“그런 건 잡아당기기 전에 말해!”

타카와시가 불평했지만, 몸은 이미 끌려가고 있었다.

이어서 아이카가 내 쪽을 보았다.

“자, 나리히라 군도 가요!”

미소 짓는 아이카의 얼굴은 빛나고 있었다. 무대에 대한 걱정이 조금도 느껴지지 않았다.

그리고 역시 나는 아이카를 좋아한다고 생각했다.

이쯤 되면 이건 (타카와시도 있지만) 크리스마스 데이트이지 않을까?

“응… 그래.”

긴장과 기쁨이 뒤섞인 태도로 나도 아이카를 따라갔다.

시간이 그렇게 많지는 않지만, 한 바퀴 둘러보게 되었다.

크리스마스 이벤트의 범위는 기껏해야 보행자 천국인 300미터까지고, 노점이 밀집해 있는 것도 아니니 어떻게든 된다.

“일단 제일 끝까지 가고, 거기서부터 신경 쓰이는 걸 공략해 나가요!”

“그렇게 기합이 들어갈 만한 일은 아니잖아. 주민자치회의 축제보다 살짝 나은 수준이야.”

아이카는 타카와시의 손을 잡고서 걷고 있었다.

엄마가 딸을 강제로 축제에 데려온 것처럼 보이기도 했다. 타카와시는 마음속 오픈 때문에 대체로 시선을 내리고 있기에 더 그렇게 보였다. 다만 신난 타카와시를 보는 건 괴기 현상에 가까우므로, 마지못해 왔다는 태도 쪽이 안심할 수 있었다.

한편 나는 아이카와 조금 떨어져 옆에서 걷고 있었다.

아직 오후 한 시라 이벤트도 막 시작된 분위기였다. 북적북적한 인구 밀도는 아니라서 1미터 옆을 걷는 것도 가능했다. 가끔 맞은편에서 오는 통행인을 위해 움직일 필요는 있지만, 대체로 함께 축제를 즐기는 형태이긴 했다.

그나저나… 아이카와 손을 잡고 있는 타카와시가 부럽다.

저렇게 데이트할 수 있다면 정말 최고겠지.

가만히 손을 본다…. 이시카와 다쿠보쿠 흉내를 낸 건 아니다.*

애초에 드레인을 좀 더 철저히 제어하지 못한다면, 사귀더라도 저런 일은 불가능하다.

크리스마스 이벤트인 만큼 때때로 커플이 보였다. 개중에는 손을 잡고 있는 녀석들도 있었다. 뭐라 말할 수 없는 기분이 들었다. 적어도 순순히 행복해지라는 생각은 안 들었다.

아니, 나도 즐기기 위해 걷고 있다. 저 녀석들보다 더 즐겨

※이시카와 다쿠보쿠의 단카 「한 줌의 모래」에 '가만히 손을 본다'라는 구절이 있다.

주는 거다! 부정적인 감정은 두고 가자.

“아아~ 크리스마스 송이 흐르고 있어. 진짜 정취가 없다니까. 아는 게 하나밖에 없다고 할까, 교양이 없다는 게 전해져.”

상점가의 가게에서 흘러나오는 음악에 타카와시가 트집을 잡았다. 그렇다고 세츠분이나 어린이날 동요를 틀 수는 없잖아.

아, 이런. 내가 어두운 채로 있으면, 타카와시도 있어서 어두운 쪽이 다수파가 되어 버린다.

“타카와시, 부정적인 감정을 가지는 건 좋은데, 소리 내서 말하지 마. 하고 싶은 말을 모르는 바는 아니지만, 태평하게 즐기기 어려워져.”

“독재자도 아니고, 내가 내 기분을 말하는 걸 금지하지 마. 그리고 태평하게 즐기자고 의식하는 것부터가 태평하게 못 즐기고 있다는 거고, 그레 군에게도 비판 정신이 깃들어 있다는 증거야. 대중의 관찰자라는 자세를 받아들이렴.”

아, 내가 한마디 지적한 탓에 수지가 안 맞는 역습을 당했다….

심지어 거기서 끝이 아니었다.

어느새 타카와시가 아이카의 손을 놓고 내 옆으로 이동했다.

“주위가 적당히 소란스러워서 그레 군의 비난 성명을 알아듣기 어렵길래 왔어.”

이유가 너무했다.

"자, 나한테 하고 싶은 말이 있다면 들을 테니까 마음껏 말해. 걱정하지 않아도 SNS처럼 전 세계에 확산될 위험도 없어."

"그렇게까지 굴 만한 말은 안 했잖아?! 크리스마스를 즐기자는 말밖에 안 했어!"

"어머? 나는 싫은 걸 싫다고 말하며 즐기고 있어. 사람은 저마다 즐기는 방식이 있어. 어리석은 자를 보며 즐기는 오락도 있을 테지. 그게 아니라면 왜 와이드쇼에서 불행한 화제가 나오겠어?"

타카와시가 게임 후반에 나오는 악역처럼 웃었다. 대체 왜 이런 얘기를 하게 된 거지…? 나는 아이카와 유사 데이트 감각을 맛보고 싶다. 너랑 문답할 마음은 없다.

"그, 그럼… 넌 대중을 깔보며 즐겨 줘…. 말리진 않아."

얼른 이 얘기를 끝내지 않으면 시뮬레이션실에서 대화하는 것과 다르지 않은 분위기가 되어 버린다. 내가 왜 굳이 12월 24일에 그런 짓을 해야 하는데.

"그 생각은 위험해. 대중이란 자신만큼은 대중이 아니라고 굳게 믿으니까."

이야기를 이어가지 말란 말이다! 나는 끝내려고 하는데 계속 공을 패스하지 마! 그렇게까지 의논하고 싶다면 나머지는 LINE으로 해!

아이카가 살짝 뒤처진 곳에 멈춰 서 있었다.

어묵을 파는 노점 앞이었다. 더운 김과 어묵 국물 냄새가 은은하게 감돌았다.

“아, 이거 좋네요! 겨울은 역시 어묵이에요!”

이쪽도 크리스마스 느낌이 안 나는 것에 끌렸네!

하지만 모든 노점이 크리스마스 케이크를 팔 수도 없고, 일본의 겨울이니까 어묵을 팔아도 좋을 것이다.

그걸 트집 잡으면 나도 타카와시와 다를 바가 없어진다.

아니, 애초에 타카와시와 내 발상은 꽤 가깝다. 그걸 노골적으로 말하는지, 마음에 담아 두는지가 다를 뿐이다.

타카와시도 내 말에 더 물고 늘어지는 대신 어묵 쪽을 보고 있었다.

“그러고 보니 칸사이 지방 사람은 치쿠와부*에 거부 반응을 보인대. 서쪽의 어묵에는 안 들어가니까 식감이 생소한 거겠지만. 뭐, 치쿠와부가 이 세상에서 사라져도 전혀 안 곤란하지.”

“타카와시, 너 평소보다 더 부정적인 말을 많이 하네….”

“이게 내가 즐기는 방식이야.”

타카와시는 공격적인 태도를 보였으나, 이러니저러니 해도 지갑을 꺼냈다. 구입할 생각인 듯했다.

※치쿠와부 : 어묵과 비슷하게 생겼지만 밀로 만든 재료.

아이카도 이미 돈을 내고 플라스틱 용기에 건더기와 국물을 받은 상태였다.

이대로 나만 안 사고 가만히 있는 건 소외감이 들기에 나도 지갑을 꺼냈다. 한솥밥이 아니라 한 냄비의 어묵을 먹는 사이로 있고 싶다.

가설 천막에 식사 공간이 있긴 했지만, 셋이 나란히 앉을 수 있는 곳은 없었기에 근처에 서서 어묵을 먹었다.

편의점에서 파는 어묵보다는 서민적이라고 할까, 가정적인 맛이 났다. 화학조미료가 별로 안 들어갔기 때문이겠지.

"아~ 멋진 크리스마스네요~"

"아야메이케의 무서운 점은 이걸 순수하게 말한다는 거야. 어묵으로 크리스마스를 체감할 수 있다니 아주 효율이 좋네. 안개를 먹고 사는 신선 같은 거지."

"어차피 일본으로 수입된 크리스마스 자체가 본래의 크리스마스와는 전혀 다른 게 됐으니까 상관없어."

"근데 최근 할로윈으로 재미를 봤는지 이스터까지 일본에 유행시키려는 녀석들이 있더라."

"악당 조직의 꿍꿍이처럼 말하지 마. 아~ 하지만 그런 풍조가 없진 않지."

"이스터가 뭐였죠?"

"직역하면 '동쪽 사람'이란 의미야."

아이카에게 잘못된 정보를 알려 주지 마. 하지만 이스터는 뭐라고 설명해야 하지? 달걀이 되게 많이 나온다는 인상밖에 없다….

"노점에서 파는 어묵은 무에 국물이 푹 안 배어 있단 말이지. 이 문제를 해결하지 못하는 한 아직 멀었어."

이 녀석은 어떤 입장에서 뭐에 퇴짜를 놓고 있는 거지.

"그건 아이카도 공감해요! 하루 재워 두면 아주 맛있어지죠!"

"그러고 보니 나가사키의 라멘 가게나 카가와의 사누키 우동 가게에는 어묵이 있다는데 왜일까? 지역의 그런 독자적인 규칙은 왜 생기는 건지 의문이야."

타카와시의 화제가 너무 마니악해서 대답할 수가 없었다.

이유를 전혀 모르겠지만, 타카와시가 아주 거들먹거리는 태도로 이 노점의 어묵에 트집을 잡을 만큼 어묵에 일가견이 있다는 건 알 수 있었다.

"근데 너희는 어묵에 토마토 넣어?"

다시 어묵 얘기로 돌아왔기에 물어봤다.

"뭐…? 안 넣지. 어묵 속의 빨간 요소라고 해 봐야 문어가 들어가느냐 안 들어가느냐 정도잖아. 어묵의 채소는 무와 감자뿐이야."

"어? 감자를 넣어요? 아이카네 집은 안 넣어요."

"감자가 없는 어묵은 꽝이지. 무 다음으로 국물이 배는 채소니까."

"아니, 감자보다는 토마토가 좋다니까. 그 산미가 좋은 악센트가 돼."

타카와시가 경멸하는 표정을 지었다. 그렇게 인격을 의심하는 듯한 눈빛을 받을 이유는 전혀 없거든.

"그거, 시즈오카에서는 생선가루를 넣는다든가, 히메지에서는 생강간장으로 먹는 것 같은 그 지역의 독자 규칙 아니야? 토마토라니 명백하게 이상하잖아. 이물감이 엄청나잖아."

정말로 어묵에 대한 열량이 굉장하네! 무슨 경험을 해야 고등학생이 어묵에 빠지는 거야?!

"야, 토마토야말로 감칠맛 덩어리 같은 채소니까 하루 재웠을 때 강력한 거야."

어째선지 어묵으로 전쟁이 벌어지려고 했다.

"둘 다 진정해요. 다음에 아이카가 어묵에 토마토도 감자도 넣어 볼 테니까요!"

아이카가 제대로 조정자 역할을 해 줬다. 다행이다. 이대로 타카와시와 언쟁했다면 내가 졌을 거다. 타카와시는 어묵에 관해 매우 잘 말할 것 같았다.

"아야메이케는 마카롱도 넣어서 먹어 봐."

"조정자에게 싸움 걸지 마. 수습이 안 되잖아."

"토마토랑 감자가 들어가면 포토푀가 될지도 몰라."

"뭐, 간을 어떻게 하느냐에 따라 그럴 수도 있겠네…."

"어묵에 비엔나소시지가 들어가도 이상하지 않고, 양파를 넣는 지역도 있고. 혹시 포토푀는 어묵의 동료인가?"

"타카와시, 아까부터 어묵에 대한 관심이 깊네!"

"그런가? 아마 부모의 영향일 거야."

그러면 부모님은 왜 어묵에 빠삭한가 하는 의문이 새롭게 솟아난다.

아니, 나랑 타카와시가 재밌게 얘기하는 건 좋은데, 아이카가 혼자 덩그러니 있지 않나? 다 같이 즐기기에는 너무 코어한 화제다.

하지만 아이카는 이미 다음 노점에서 뭘 먹을지 생각하고 있는 것 같았다. 끝까지 갔다가 돌아오는 작전은 이미 어묵을 산 시점에 붕괴되었다.

"저쪽에서 식혜를 팔고 있어요!"

"아이카는 식혜 좋아해? 여자들은 많이 좋아한다는 이미지가 있어."

"코타츠에서 마시면 되게 포근한 느낌이 들어요."

도테라를 걸치고 코타츠에 들어가 있는 아이카의 모습이 머릿속에 떠올랐다. 마음이 온화해지는 풍경이었다.

"그건 코타츠의 힘으로 30% 더 맛있게 느끼는 거야. 코타츠에서 마시면 생강차도 콘수프도 맛있어져."

타카와시는 코타츠 교도인가.

하지만 이건 나도 동의했다. 코타츠에서 먹는 아이스크림도 좋다.

“나리히라 군은 식혜 안 좋아해요?”

“좋아한다고는 못 하지…. 그 뭐냐, 맛이 어중간하고, 그리고 은근히 비싼 것 같아.”

“그럼 그레 군은 저기 있는 편의점에서 페트병에 든 차라도 사 와. 나랑 아야메이케는 식혜를 마실 테니까.”

“아니, 그건 동료가 아닌 것 같아서 굉장히 소외감이 드니까 나도 식혜 살 거야!”

그거 완전 눈치 없는 녀석이잖아.

“그레 군한테 동료 취급당했어.”

타카와시가 아주 불쾌하다는 표정을 지었다.

“그렇게 말할 줄 알았어! 정확하게 내 신경을 건드리지 마!”

또 아이카가 타카와시와 내 사이에 끼어들었다.

“나리히라 군도 에링도 동료가 아니라 친구예요!”

“고마워… 아이카…. 아이카는 인과연의 양심이야….”

친구 이상 어쩌고 미만이라는 문자열이 일순 머리를 스쳤으나, 신경 쓰지 않기로 했다. 너무 과한 생각이다. 아이카의 말을 뭐든 의미심장하게 받아들이지 마. 심지어 타카와시와 내가 친구라는 얘기고, 아이카는 처음부터 확고하게 친구다.

또 타카와시가 '친구로 취급돼서 더 불쾌해'라고 말할 줄 알았는데, 역시 그건 너무 심하다고 판단했는지 아무 말도 안 했다. 내가 사용한 양심이라는 표현 덕분에 저 녀석의 양심이 (정말 있다면) 막은 걸지도 모른다.

두 사람과 함께 구입한 한 잔에 200엔인 식혜는 역시 내 입맛에는 별로 안 맞았다.

다만 셋이서 마시는 식혜가 편의점에서 파는 페트병 차보다 무조건 더 맛있다고는 생각했다.

"다음은 저쪽에서 파는 닭꼬치 먹어요. 크리스마스니까."

"크리스마스와 닭꼬치는 어긋나 있잖아. 먹는 건 상관없지만."

"이러니저러니 하지만 너도 확실히 먹는구나."

"신사 같은 데서 하는 축제의 노점보다는 싸니까, 그렇게 진 것 같은 기분이 안 들어."

또 내 발상과 가까운 면이 있어서 나는 침묵했다. 여름 축제의 노점에서 파는 타코야키는 너무 비싸다.

아이카는 선언한 대로 양념 닭꼬치를 샀다. 슬슬 타카와시는 맞서지 않을 줄 알았는데 확실하게 하나 사길래 나도 흐름에 탔다. 이번에는 한솥밥이 아니라 한 석쇠의 닭을 먹는 건가.

"응, 크리스마스의 과제는 달성했어요!"

"닭고기를 먹으면 무병 무탈하다는 말은 딱히 없어. 본고장은 닭이 아니라 칠면조고."

마침 고기를 입에 넣기 전이었기에 태클을 걸 수 있었다.

"나는 양념보다 소금구이가 더 좋아."

타카와시는 그렇게 말하며 양념이 번들거리는 닭꼬치를 보고 있었다.

"반드시 불만을 하나 말하지 않으면 죽는 병에라도 걸렸어?"

하지만 솔직히 말하자면 나도 닭꼬치는 소금구이파였다. 그쪽이 재료의 맛으로 승부한다는 생각이 든다. 매콤달콤한 양념을 바르면 웬만한 건 맛있어지잖아. 재료를 신경 쓰는 고급 음식점에서 먹어 본 적은 없지 않냐고 하면 할 말 없지만.

12월 말이라서 기온도 낮을 텐데 춥다고 느껴지진 않았다. 계속 뭔가 먹고 있어서 그런가.

"에링은 닭꼬치로 먹는 거, 어느 부위를 제일 좋아해요?"

"닭똥집이랑 껍질이랑 엉덩이살, 미트볼 꼬치."

뭐를 제일 좋아하냐는 질문을 무시한 대답이었다. 그나저나 타카와시는 닭꼬치도 꽤 좋아하는 모양이다. 혹시 부모님이랑 같이 어릴 때부터 이자카야에 다녔나?

유치원생 타카와시가 이자카야의 카운터석에 앉아 닭꼬치를 먹는 모습을 상상했다.

나이가 어리면 귀여운 맛이 없는 눈매도 귀엽게 보이는구나.

"나리히라 군은 어느 부위를 좋아해요?"

"껍질이랑 미트볼이려나."

"날 따라 했네."

"네가 네 표나 사용한 탓에 겹친 거야."

"아이카는 양념 바른 닭 간을 제일 좋아해요."

"올드하네. 그런 캐릭터를 어필하려는 거야?"

"너야말로 엉덩이살 좋아한다고 했잖아."

떠드느라 꼬치가 좀처럼 사라지지 않았다.

그나저나 아이카가 앞에 있는데 이렇게나 마음이 평온할 줄은 몰랐다.

이유는 단순 명쾌했다. 타카와시가 있기 때문이다.

그러니 이건 데이트가 아니다. 데이트가 아니니까 수상한 사람처럼 행동하게 되지도 않는 거다.

하지만 그게 다가 아니겠지.

이렇게 셋이서 보내는 시간이 즐거웠다.

고민할 필요도 없이 말이 술술 나왔다. 자신을 대인 기피 성향이라고 생각한 적이 있다는 것조차 잊어버릴 듯했다.

여자 친구도 만들고 싶지만, 내가 추구했던 것은 이 시간이었던 거다.

애인을 만드는 건 얼마 전까지 실현 가능성이 희박한 기적 같은 일이라고만 생각했었다. 최근에 친구를 사귀게 되면서 그 다음으로 솟아난 욕심 같은 거였다.

3인 그룹이라고 하기에는 나 혼자 되게 떨어져 있고, 타카와시도 시선을 내리깔고서 퉁명스러운 표정을 짓고 있었다. 신난 사람은 아이카뿐이었다.

하지만 역시 이 시간이 편안했다. 타카와시도 속으로는 그렇게 생각하고 있지 않을까. 직접 그런 말을 하지는 않겠지만. 눈을 맞춰서 마음속을 엿보고 싶다.

아이카는 세 개나 샀는데도 제일 먼저 다 먹고 꼬챙이를 쓰레기통에 버렸다.

대식가 캐릭터라고 할 정도는 아니지만, 아이카는 잘 먹는다. 심지어 아주 맛있게 먹는다.

“좋네요, 크리스마스! 내년에도 크리스마스에 모여요!”

아이카의 목소리는 최근 한 달간 들었던 것 중에서 가장 즐거워 보였다.

나 혼자만의 공로가 아니라는 건 알고 있지만, 즐거운 이유에 나도 포함되어 있다면 그것만으로도 영광이라는 생각이 들었다.

큰일이다….

지금이 행복해서, 고백 같은 괜한 짓을 하는 게 또 무서워졌다.

고백은 위험성이 너무 크다. 예전처럼 친구로 지내자고 해도 분위기가 똑같을 수는 없다. 삶은 달걀을 날달걀로 되돌릴 수 없는 것과 같다.

"내년에도 모이자니, 내년 이맘때면 수험 직전이니까 힘들지 않을까?"

타카와시가 냉정하게 부정적인 말을 했다. 오늘은 철저하게 부정하는 이 캐릭터를 관철하려는 모양이다.

"그럼 아이카는 추천으로 합격해서 시험을 안 보도록 할게요."

"네 성적으로 추천 전형에 합격할 수 있을까. 아직 진짜 실력을 보여 주지 않은 거라면 빨리 실력을 보여 주는 게 좋아."

"그 부분을 진지하게 따지지 마. 그보다 이 타이밍에 수험 얘기 하지 마!"

지금은 잊게 해 달라고. 모처럼 축제 기분인데 울적해진다.

"사실을 적시하면 발끈하는 녀석이 있단 말이지."

"아니, 논파당해서 얼굴을 붉히는 것과는 의미가 다르잖아."

"시간이 별로 없는 건 정말이야. 제대로 생각해서 쓰지 않으면 후회할걸."

내가 지적하자 타카와시는 이번엔 타이르듯이 정론을 말해서 피했다. 서로 한마디도 지지 않았다.

근데 내년 이맘때는 수험을 생각해야 하는 건가.

질질 끌다 보면 고교 생활 자체가 끝나 버린다.

타카와시가 2학년 1학기에 친구를 만들겠다는 말을 꺼낸 것도, 3학년이 된 다음에는 너무 늦기 때문이었다.

"뭐, 그래도 지금 이 관계가 편안한 건 사실이지."

"어?! 에링이 솔직해졌어요!"

아이카가 양손으로 입을 막고 깜짝 놀랐다.

그제야 나도 뜻밖의 일이 일어났음을 인식했다.

"그러게…. 타카와시가 타카와시답지 않게 전부 긍정하는 것 같은 소리를…."

타카와시도 실언했음을 알았을 것이다. 노골적으로 시선을 피하고서 실수했다는 표정을 짓고 있었다. 하지만 여유가 없는지, 입은 제대로 다물지 못하고 살짝 벌어져 있었다.

"뭐야…? 불편했으면 인관연 같은 건 진즉에 해산했겠지…. 상황을 보면 판단할 수 있지 않아…?"

그건 그렇지만, 타카와시가 확실하게 말로 표현한 것이 기적에 가까웠다. 그러나 여기서 추궁하면 '역시 인관연은 최악이야'라면서 고집을 부릴 거고, 그건 나도 바라는 바가 아니었다.

"그렇지. 너한테는 미적지근하게 느껴질지도 모르지만, 인생에는 미적지근함도 필요해. 뜨거운 물보다 미지근한 물로 목욕하는 게 건강에 더 좋다고 하고."

타카와시는 아무런 대꾸도 하지 않았다.

나는 닭꼬치의 마지막 고기를 입에 넣었다. 마지막 한입이라고 생각하고 먹으면 이전보다 더 맛있게 느껴진다.

어쩌면 마지막 고기가 너무 뜨겁지도 차갑지도 않게 적당히 식어서 그런 걸지도 모른다.

친구나 연애 문제로 고민할 수 있는 기간도 한정되어 있다. 학생의 본분이 공부라는 건 괜히 하는 말이 아니다. 그 증거로 인싸에게도 아싸에게도 수험과 진로 선택은 평등하게 찾아온다. 고2는 아직 친구나 연애 문제를 고민할 수 있는 시기다.

아아, 시오노미야가 올해 안에 대답하겠다고 한 것도, 다이후쿠가 수학여행 때 고백한 것도, 제한 시간을 알았기에 그런 거였다.

지금쯤 다이후쿠와 시오노미야는 어쩌고 있을까.

의외로 시오노미야가 이미 대답했을지도 모른다.

내가 의식해서 그런지, 커플의 모습이 계속 눈에 들어왔다. 그 속에 시오노미야와 다이후쿠가 있어도 아무런 위화감도 들지 않을 것 같았다.

부럽다. 커플이라는 것보다도, 이미 커플이 되어 크리스마스를 맞이하고 있다는 게 부러웠다.

연인과 보내는 크리스마스는 최고겠지. 반면 사랑의 행방을 생각해야 하는 크리스마스는 애가 탄다. 어쩌면 실연해서 최악의 크리스마스가 될지도 모르니까. 들떠 있을 때가 아니다.

다이후쿠도 얼굴에 드러내지는 않았지만 엄청난 스트레스를 받고 있으려나.

그 이후로도 셋이서 돌아다녔으나, 내 말수는 조금 줄어들었던 것 같다.

타카와시도 실언했던 걸 인식했는지 말수가 줄어들어 있었다. 편안하다는 걸 인정해 버렸으니 뭔가를 비판해도 별로 위력이 없기 때문일까.

자연스럽게 아이카가 말하는 시간이 길어졌다.

아이카를 유난히 눈으로 좇게 되었다.

"…슬슬 돌아가는 게 좋겠어요."

아이카가 스마트폰으로 시간을 확인했다.

"뭐, 이능력으로 공연하는 학생들이 어떻게든 해 주겠지. 실패하면 그 아이들의 책임이야."

"에링, 그런 말 하지 말고 함께 제대로 힘내요."

"그래. 특히 아야메이케는 무대에 설 거니까."

타카와시도 아이카가 매혹화를 극복하려고 한다는 건 알고 있었다.

타카와시는 힘내라고 무책임한 성원을 보내지 않지만, 무대를 언급한 것은 아이카에게 보내는 타카와시 나름의 성원으로 들렸다.

그런 내 해석은 틀린 게 아니었다.

"한 발짝 내딛고 싶다면 확실하게 내디디면 돼."

이번에는 군말 없이 성원이라고 인식해도 될 말이 타카와시의 입에서 나왔기 때문이다.

"그렇죠!"

아이카가 타카와시의 팔을 잡았다. 그리고 내게 시선을 보냈다.

웃는 얼굴 속에 올곧은 마음이 있는 것처럼 느껴졌다. 물론 용맹한 표정 같은 건 아니었지만, 그건 아이카 나름의 싸우러 나가는 얼굴이라는 생각이 들었다.

"그보다 에링도 나가잖아요! 함께 힘내요!"

그런가…. 어떤 형태인지 모르겠지만, 타카와시도 무대에 오르는구나….

"머릿수가 부족해서 동원된 들러리잖아…. 그 이상도 이하도 아니야."

타카와시는 오기로도 전력을 다하겠다고 안 하는지라 이런 말투가 되었다.

"잘해라."

나는 왼손을 가볍게 흔들었다. 새삼 많은 말은 필요 없었다.

아이카가 무대에서 구체적으로 뭘 하는지 모르겠지만, 해야 할 일을 해낼 것이다.

우리는 행사장을 향해 걸었다. 거리가 멀지는 않았다. 앞에는 아이카가, 뒤이어 아이카에게 끌려가는 형태로 타카와시가, 맨 끝에 내가 간격을 두고 따라갔다.

"근데 그레 군은 무슨 역할을 맡았어?"

…그러게.

뭘 하는지 듣지 못한 채 실전이 될 것 같다.

"에리아스한테 물어봐. 그 녀석의 말을 믿는다면, 뭔가 할 일은 있다나 봐."

"이제 와서 용케 드리코의 말을 믿는구나."

"아니, 걔가 지금껏 날 눈엣가시로 여긴 건 사실이지만, 그렇다고 아무런 역할도 안 주는 식으로 괴롭히진 않겠지…."

구조 조정 후보인 사원에게 무가치함을 강조하는 일을 주는 듯한 그런 짓은 하지 않을 거다. 그렇게 믿고 싶다.

"아마 나무 역할 같은 게 아닐까."

"그런 학예회의 남는 역할 같은 건 없잖아."

전나무 옷 같은 건 없을 터다.

하지만 말이 씨가 되는 일도 있다.

"나리히라는 나무 역할을 맡아 줘."

돌아온 내게 에리아스는 그렇게 말했다.

"날 괴롭히려고 굳이 나무 옷을 준비한 거야?"

"뭐? 나리히라 한 명을 위해서 그런 돈 드는 짓을 할 리가 없잖아. 지금이 3억 엔 있어도 안 해."

오히려 에리아스가 내게 화냈다. 영 납득할 수 없다….

★

그리고 딱 제시간에 맞춰 세이고의 무대가 시작되었다.

[이어서 이능력자 학교, 도쿄서부고등학교의 퍼포먼스입니다.]

마이크에 대고 말하는 목소리가 들렸다. 에리아스의 목소리였다. 굳이 방송부를 데려올 만한 일도 아니기에 직접 사회를 보는 것 같았다.

참고로 나는 그 목소리를 나무 뒤에 서서 듣고 있었다.

아니, 나무 앞인가? 어느 쪽이 정면인지 모르겠다.

무슨 나무냐면 상점가를 따라 심어진 가로수였다. 이 거리의 가로수는 오래되어 너무 커져서 몇 년 전에 베이고, 아직 호리호리한 새 나무로 바뀌었는데, 그게 이거였다.

딱히 나무 뒤에 숨어서 누군가를 암살하려는 것은 아니었다. 정당한 이유는 있었다. 애초에 나무가 가늘어서 숨을 수도 없고.

낮인데도 무대 위가 굉장히 어두워졌다.

저건 공간 일부의 밝기를 조종하는 이능력자의 힘이었다.

그리고 무대 중앙만 살짝 밝아지더니 누군가가 나왔다.

메이드장(크리스마스 사양의 복장)이었다.

"저건 뭐지?" "무슨 생물이야?" "마스코트?"

그런 곤혹스러워하는 목소리가 들렸다. 확실하게 학생은 아닌 뭔가가 나왔으니 말이지.

그 뒤에서 시오노미야가 나왔다.

산타 모자를 쓰고, 교복 위에 산타복 사양의 망토를 두르고 있었다. 싸게 완성했다는 것 같은데 제법 그럴싸했다. 까놓고 말해서 예쁜 여자는 뭘 입어도 그런대로 빛난다.

[먼저 등장한 것은 올해의 미스 세이고인 시오노미야 란란 양과 그녀의 이능력, 메이드장입니다.]

시오노미야는 얼굴을 붉히면서도 정중하게 꾸벅 인사했다.

그리고 메이드장의 등을 밀었다.

"매직 스타트예요!"

속도가 붙은 메이드장은 시오노미야의 주위를 세 바퀴쯤 돌고서….

넘어졌다.

몸의 구조상 얼굴을 박으며 넘어졌다.

연출의 일부라고 인식했는지 관객 몇 명이 웃었다.

아니, 메이드장, 미묘하게 발이 떠 있었던 것 같고, 넘어진 것도 자세히 보니 바닥에서 떠 있는 것 같은데?

메이드장에 관해 어중간하게 아는지라, 이상한 부분이 신경 쓰였다….

다만 메이드장이 넘어진 게 스위치가 된 것처럼 쇼가 시작되었다.

나도 제작한, 크리스마스 느낌으로 장식한 박스와 스티로폼이 무대 뒤쪽에서 공중에 떠올랐다.

그리고 시오노미야와 똑같은 산타복을 입은 여학생들이 둥실둥실 떠올랐다.

그중에 웃고 있는 아이카의 모습도 있었다. 그리고 타카와시도, 딱딱한 표정이지만 아사쿠마도, 타카와시가 나와 달라고 했는지 이신덴도 있었다.

공중에 떠 있는 여러 사람 중 한 명이라서 아이카가 센터인 건 아니지만, 무대에 서 있다고 해도 틀린 말은 아닐 것이다. 엄밀히 말하면 무대에 떠 있는 거지만.

행사장에서 환호성이 터졌다. 이건 임팩트가 있었을 거다.

사물을 일시적으로 띄우는 이능력자 몇 명이 이걸 담당하고 있었다.

단, 너무 높이 띄우지는 못하고, 가만히 그 자리에 멈춰 있게 하지도 못해서, 항구에 정박해 있는 배처럼 둥실거렸다.

그걸 역으로 이용하여 조금씩 무대 위를 돌아다니게 한 것 같았다. 나는 그 이능력을 안 가지고 있어서 어떻게 조절하는지는 잘 모른다.

BGM도, 마치 진짜 악기로 연주하고 있는 것처럼 매우 깊이가 있었다.

이건 타케다라는 여학생의 이능력이었다. 소리에 에코를 주거나 다양한 효과를 줄 수 있다는 것 같았다. 다만 미리 자잘한 설정을 해 둬야 하기에, 갑자기 이 곡을 멋있게 조정해 달라고 해도 불가능하다고 했다. 이능력에는 대체로 귀찮은 제약이 있다.

나는 아이카와 눈이 마주치기엔 너무 멀리 떨어진 곳에 서 있었을 테지만….

눈이 마주친 것 같았다.

착각일지도 모르지만, 아이카가 나만을 위해 웃어 준 것 같았다.

포기하지 않고 한 걸음 내디뎌서 다행이라고.

나도 기뻤다. 이능력으로는 민폐만 끼치더라도, 이능력이 아닌 것으로 다른 사람의 힘이 되어 줄 수는 있다. 이 세상에는 이능력이 없는 인간이 더 많으니까. 이능력을 쓰지 않고 활약하는 방법도 얼마든지 있다.

마지막으로 시오노미야도 천천히 떠올랐다.

"가… 가로수도 들떠서 춤추기 시작하네요!"

시오노미야가 손을 들었다. 오늘 시오노미야의 목소리는 음정이 살짝 어긋나 있었다. 하지만 쑥스러워하는 모습도 귀여워 보이니까 문제없었다.

내 앞에 있는 가로수도 땅에서 뿌리를 뽑고 움직이기 시작했다.

식물의 뿌리를 다리처럼 움직이게 하는 이능력자의 소행이었다.

가로수가 이동하고 있음을 알아차린 사람들이 비명인지 경탄인지 모를 소리를 냈다. 실제 나무가 갑자기 움직이면 좀 무섭지…. 그 마음은 모르는 바도 아니다.

누가 출연해 줄지 몰랐기에, 쓸 만해 보이는 이능력자에게는 꽤 제안했다. 많은 학생이 출연을 거절해도 어떻게든 되도록 해야 했기 때문이다.

다행히도 생각보다 훨씬 많은 학생이 이벤트에 참가해 줬다.

출연해 주기로 한 이능력자를 쓰지 않을 수도 없으니, 이상하게 사치스럽고 과한 무대가 되었다. 나무와 관련된 이능력도 가로수를 어떻게 하는 방법 말고는 쓸 길이 없기에 몇 그루 움직이게 됐다고 했다.

다만, 뿌리로 걷게 하는 이 이능력도 결점이 있어서, 나무가 어디로 갈지 제어할 수 없다고 했다. 나무의 본래 방향 등에 좌우되어, 앞으로 쭉쭉 나아가는 것이다.

그래서 나랑 학생회의 1학년생이 나무 뒤에 붙이서 가게로 돌격하지 않도록 보살펴 줘야 했다. 어느 이능력이나 조금씩 결함이 있다. 발동을 자기 의지로 정할 수 있는 것만으로도 아주 괜찮은 편이지만.

근데 이 나무는 내가 붙어 있어도 괜찮은 걸까?

드레인이 이능력에 작용한 일은 몇 번 있었다. 노지마 군의 과자가 맛없어지기도 했고, 아사쿠마의 투명화를 막기도 했다. 아마 체력을 빼어서 이능력의 발동이나 유지를 저해하기 때문이리라.

어떻게 될지 알 수 없기에, 나무한테서 힘을 빼지 않도록 의식했다. 머릿속으로 강하게 염원했다.

효과는 불명이지만, 이런 데서 모두의 노력에 찬물을 끼얹고 싶지 않았다.

나는 무대 쪽으로 나무를 유도해 나갔다. 그리 세게 밀지 않아도 나무가 움직여 줬다.

이런 이능력이어도 사람의 눈길은 확실하게 끌었다.

나무가 무대에 도착할 즈음, 무대 위에만 안개가 생기고 눈까지 내렸다.

이것도 이능력으로 한 것이었다.

안개를 만드는 학생과 눈을 내리는 학생은 따로 있었고, 둘 다 그것만 할 수 있었다. 날씨를 자유자재로 조종하는 힘이 있다면 엄청 대단하겠지만, 그게 그렇게 쉽게 되는 건 아니었다. 범위도 매우 한정적이었다.

그래도 이렇게나 이능력을 조합하니 임팩트는 합격점이었다.

무대 앞으로 나무를 데려가면서 "굉장하다!"라는 심플한 감상을 여러 번 들었다.

이능력으로 사람들을 기쁘게 하는 건 기분이 꽤 좋네. 내 이능력은 기여하고 있지 않지만….

이번에는 산타 모자를 쓴 학생들이 바구니를 들고 나타났다.

그중에 다이후쿠도 포함되어 있었다.

다이후쿠는 뒤에 까마귀 종대를 거느리고 있었다.

학생들 사이에서 마이크를 든 노지마 군이 나왔다.

[지금부터 이능력으로 만든 과자를 나눠 드리겠습니다. 무첨가 과자이니, 괜찮으시면 받아 주세요.]

노지마 군은 그 자리에서 쿠키를 만들고, 웃으며 자기 입에 넣었다.

바구니 안에는 노지마 군과 다른 학생들이 만든 쿠키가 들어 있었다. 바구니 안에 있는 게 전부 이능력으로 만든 쿠키는 아니었고, 일부는 이능력과 관계없이 요리연구부에서 만든 쿠키지만… 그걸 밝히면 없어 보이니까 말하지 않았다. 엄밀히 따지면 거짓말한 게 되지만, 아무도 불행해지지 않는 거짓말이니까 이건 허용 범위일 거다.

마침 내가 유도 중인 나무가 공중에 떠 있는 타카와시의 바로 밑에 왔다.

올려다보자 한순간이지만 아주 사납게 날 노려보았다.

무대 중인데 그런 표정을 지으면 안 되잖아, 하고 생각했지만, 타카와시가 치마를 눌러서 그 의도를 깨달았다.

치마 속을 엿보려 했다고 오해받았다!

아니야, 아니라고! 그렇게 계획적인 생각은 안 했어!

소리칠 수도 없기에 고개를 좌우로 흔들었다.

타카와시도 소리 지르지는 않았지만 오른손을 휙휙 움직였다.

아마 얼른 이동하라는 말이겠지. 하지만 이동 속도는 내 의지가 아니라 가로수의 기분에 달렸다. 나는 방향을 정해 주는 것밖에 못 한다. 게다가 이 가로수, 드레인 탓인지 다른 나무들보다 페이스가 느린 것 같다….

BGM의 소리가 더 풍성해졌다. 음악은 중요하다. 알맞은 음악만 더해져도 감동이 30%는 더 커진다. 우리가 하는 일이 더 대단한 일처럼 보이게 된다.

다행히 가로수는 멈춰 서지 않고 계속 움직여서, 나중에 타카와시가 날 죽일 일은 없을 듯했다.

이번에는 아이카와 눈이 마주쳤다.

착각이 아니라, 이번에는 정말로 눈이 마주친 것 같았다.

“고마워요!”

아이카는 확실하게 웃으며 그렇게 말했다.

관객들은 그 말에서 일일이 특별한 의미 따위 느끼지 않았겠지만….

나에게는 모든 것을 보답해 주는 최고의 말이었다.

"좋았어!"

한 손을 나무에서 떼고 주먹을 쥐었다.

여러 명이 활동하면 의식도 분산되는지, 매혹화도 발동하지 않았다. 적어도 말썽이 될 만한 일은 일어나지 않았다. 괜찮은 수확이었다.

나이 든 사람도, 젊은 사람도, 가족과 함께 온 사람도, 커플도, 우연히 지나가던 통행인도, 무대를 즐기고 있었다. 우리 세이고 학생은 크리스마스의 등장인물로 받아들여지고 있었다. 그런 건 이능력이 없어도 분위기로 바로 알 수 있다.

세이고의 크리스마스 이벤트, 훌륭하게 성공했잖아.

순순히 칭찬하기는 싫지만, 새 학생회장은 주가를 올렸다.

BGM이 끝나고, 참가한 이능력자도 힘을 해제한 듯했다. 가로수가 움직임을 멈췄다. 이따가 원래 자리로 되돌려야 하지만. 돌아가는 것도 알아서 해 주면 편할 텐데.

공중에 떠 있던 산타복 여학생들도 무대로 천천히 내려왔다.

무대 위의 학생들이 인사했다.

상상한 것보다 훨씬 큰 박수가 주위를 뒤덮었다.

나도 내게 기댄 가로수를 받쳐 들고서 그 모습을 보고 있었다. 나무는 호리호리해 보여도 그런대로 무겁구나…. 무서운 광합성.

이제 이 가로수가 일주일 후에 시든다거나 그러지 않았으면 좋겠는데…. 과연 어떻게 될지….

무대에서 산타복 여학생들이 뒤로 물러났다.

그와 거의 동시에 이 무대에 관여한 이능력자들이 무대에 올라와 손을 흔들고 다시 빠졌다.

그중에는 노지마 군의 모습도 있었고, 다이후쿠도 까마귀와 함께 무대 옆쪽으로 사라졌다. 까마귀 한 마리는 쿠키를 물고 있었다.

이제 끝났다고 나도 생각하고 있었다.

하지만 마지막으로 시오노미야가 혼자 남아 있었다.

메이드장조차 무대 옆쪽으로 나갔다가 황급히 시오노미야가 있는 무대로 나왔을 정도였다.

한 가지 일을 끝낸 것처럼 부드럽게 미소 짓고 있으니까, 돌아가는 걸 잊어버린 걸지도 모른다. 세이고가 해야 할 일은 전부 끝냈으니 큰 실수는 아니었다. 혼자 남았다는 걸 깨닫고 서둘러 돌아가면 된다.

하지만 시오노미야는 어째선지 품에서 포장된 작은 상자를 꺼냈다.

[여러분, 조금만 더 함께해 주세요.]

어딘가 의기양양해하는 것 같은, 웃음기 어린 에리아스의 목소리가 울렸다.

이어서 누군가에게 등을 떠밀린 다이후쿠가 무대로 올라왔다. 거의 쫓겨난 것 같은 모습이었다. 까마귀도 성실하게 그 뒤를 따르고 있었다.

무대 중앙에서 다이후쿠와 시오노미야가 마주 보는 형태가 되었다.

다이후쿠도 보기 드물게 눈을 크게 뜨고 있었다. 이런 걸 보고 놀란 토끼 눈이라고 하는 거겠지.

그리고 시오노미야는 포장된 상자를 다이후쿠 쪽으로 내밀었다.

"다이후쿠 군, 크리스마스 선물이에요."

다이후쿠가 뭐라고 중얼거렸지만, 내가 있는 곳까지는 들리지 않았다. 기껏해야 '고마워…' 정도였을 거다. 아주 긴장했다는 것만큼은 전해졌다.

둔한 걸지도 모르지만, 마침내 나도 이 상황의 의미를 알 것 같았다.

이런 특별한 날에, 시오노미야와 다이후쿠가 같은 무대 위에 있었다.

미소 짓고 있는 시오노미야가 나보다 훨씬 연상처럼 보였다. 어른의 여유, 그런 표현이 머릿속을 스쳤다.

그리고 시오노미야는 마무리 일격을 가하듯 이렇게 말했다.

"다이후쿠 군, 다이후쿠 군의 고백을 받아들이겠어요. 저라도 괜찮다면 교제하기로 해요."

몇 초 간격을 두고서,

"감사합니다! 잘 부탁드립니다!"

라고 외치는 다이후쿠의 목소리가 들렸다.

눈을 가리고 있는 건 분명 눈물이 나서 그런 거겠지.

그리고 누가 먼저랄 것도 없이 조금 전의 무대에 보냈던 것과 필적할 만한 박수가 일었다.

개중에는 "리얼충, 폭발해라~" "적당히 행복하길~" "내년 크리스마스까지 깨지지 마." 등등 애정 어린 야유도 섞여 있었다.

나는 온몸의 힘이 빠졌다.

하마터면 가로수와 함께 뒤로 자빠질 뻔했다.

참고로 무대에 있는 메이드장은 정말로 자빠져 있었다.

"시오노미야… 무진장, 무진장 대단하잖아…."

단순히 남들이 보고 있는 게 아니라 무대 한복판이었다. 거기서 고백의 대답을 하다니, 강철 멘탈의 차원을 넘어섰다. 영웅이나 호걸의 멘탈이었다.

분명 고민했을 거다. 어떻게 하면 다이후쿠의 마음에 보답할 수 있을지를.

다이후쿠는 시오노미야의 옆에 있어도 손색없는 인간이 되기 위해 학생회장 선거에도 입후보했다. 시오노미야도 그런 다이후쿠에게 마음을 전할 특별한 방법을 고른 것이다.

맨 처음 시오노미야와 만났을 때, 이 아이는 너무 딱딱해서 눈치가 없는 구석이 있다고 생각했었다. 실제로 그런 면은 있었을 터다.

그랬던 것이 반년도 안 되어 이렇게나 성장했다고 할까, 진화했다고 할까, 변신했다고 할까… 괜찮은 말을 찾을 수 없지만, 터무니없이 굉장한 존재가 되었다.

딱히 시오노미야가 멘탈을 영웅 수준으로 변환할 수 있는 이 능력자인 건 아니다. 과거에 수없이 사선을 넘어서 죽는 게 아니면 모기 물린 것 정도라고 생각하는 것도 아니다. 낯가림이라는 개념이 없는 날라리인 것도 아니다. 내향적인 요소만 보면 나랑 크게 차이가 없을 터다.

그런데, 그런데… 이만한 일을 해냈다.

지금 무대에 서 있는 것은 이벤트 장소를 이용하여 고백을 받아들인 미스 세이고였다.

말만 보면 리얼충 중의 리얼충이다. 1년 전의 내가 이 말만 들었다면 세이고의 서열 정점에 선 인싸 여왕 같은 녀석을 상상했을 거다.

하지만 현실의 무대 위에 있는 그녀는 고생했던 것도 실패했던 것도 내가 알고 있는 시오노미야다….

나와 뭐가 다르지?

무대에서는 시오노미야가 메이드장을 일으켜 주고서 다이후쿠의 손을 잡고 천천히 퇴장했다.

[이로써 도쿄세이부고등학교의 공연을 마칩니다.]

마지막으로 의기양양한 얼굴을 하고 있을 것 같은 에리아스의 안내 방송이 울렸다.

그래도 나는 계속 무대를 응시하고 있었다. 거기에 뭔가 힌트가 떨어져 있을 거라고 믿는 것처럼.

용기다.

결국 시오노미야에게는 용기가 있었던 거다. 그래서 도망치기는커녕 무대를 이용했다. 시오노미야에게 있고 나에게 없는 것은 용기뿐이다.

아니.

심장을 오른손으로 가볍게 두드렸다.

용기는 물질이 아니다. 지금부터라도 나도 몸 안에 가득 채울 수 있다.

다음은 내 차례다.

오늘 밤, 아이카를 불러내자.

갑자기 신주쿠나 테마파크에 가자고 할 수는 없어도, 하치오지에도 일루미네이션이 반짝이는 곳은 있다. 분명 남쪽 출구 광장은 가로수에 전구가 장식되어 있었다.

계획도 전혀 세우지 않았다. 만약 아이카가 선약이 있다고 하면 끝이다. 그렇더라도 좋다. 뭔가를 잃는 건 아니다.

하구레 나리히라, 너에게 부족한 건 계획성이 아니다.

실행력이다.

물리적으로 고립된 나의 고교생활

⑥ 약속 장소에 너무 빨리 와서 시간이 남아돌 때가 있단 말이지

무대 뒤로 한시라도 빨리 돌아가서 아이카에게 축하한다고 말해 주고 싶었지만, 마지막으로 할 일이 있었다.

가로수를 원래 있던 곳으로 되돌려야 했다. 아이카라면 인관연 멤버가 모두 모일 때까지 기다려 주겠지만, 그래도 빨리 끝내 버리고 싶었다.

설령 드레인이 가로수에 효과가 있더라도 무게는 변함없다. 혼자 짊어지기에는 그럭저럭 무거운지라 누가 도와주지 않으면 힘들다.

쉬엄쉬엄 걷고 있으니 노지마 군이 왔다. 역시 친구는 있고 볼 일이다.

"시오노미야, 진짜 대단했지."

나무를 비스듬하게 기울여 노지마 군과 거리를 뒀다. 드레인 대책과 운반의 편의성을 고려한 것이었다.

맞은편에서 나무를 받쳐 든 노지마 군의 목소리에도 아직 열기가 남아 있었다. 이벤트 때문이라기보다는 서프라이즈 고백(의 수락)의 영향인 것 같았다.

"응, 시오노미야를 존경해. 그런 일은 쉽게 못 해."

나도 시오노미야를 얼마나 위대하게 느꼈는지 전하고 싶었지만, 말로 꺼낸 순간, 전부 열화돼서 진부한 표현이 되어 버릴 것 같았다.

뭐, 어떤 말로 칭송해도 실제로 해낸 시오노미야의 행위를 이길 수는 없다.

고백받고 그에 대답했으니까 본래 시오노미야는 수동적인 입장일 터다. 하지만 오늘의 시오노미야를 수동적이라고 말하는 녀석은 한 명도 없을 거다. 시오노미야는 가차 없을 만큼 진취적인 자세를 관철했다.

"나리히라는 미리 알고 있었어?"

"그럴 리가. 아마 알고 있던 사람은 학생회장인 에리아스뿐이었을 거야. 사회자인 에리아스가 모른다면 절대로 할 수 없는 일이니까."

즉, 최소한의 상대에게만 전하고서 그걸 해낸 거다. 서프라이즈를 할 때는 너무 많은 사람에게 얘기하지 않아야 성공한다.

그러고 보니 타카와시와 함께 이벤트에 참가해 줄 이능력자에게 타진하고 다녔을 때, 교실에서 시오노미야와 에리아스가 얘기하던 것을 봤었다.

같은 반이니까 얘기도 하겠지만, 어쩌면 오늘의 계획도 그때 말한 건지 모른다.

"타이밍도 딱 좋은 것 같아. 이제 겨울 방학이잖아. 지금이 2학기였다면 단숨에 학교 전체에 퍼졌을걸."

노지마 군은 완전한 외부인이기에 냉정하게 결과를 평가하고 있었다.

타당한 의견이라고 생각했다.

시오노미야가 거기까지 고려해서 실행에 옮겼는지 불명이지만, 그건 은근히 중대한 요소다. 주위 사람들이 놀려 대면 별로 좋은 영향은 없을 것 같고.

드레인이 노지마 군에게 작용하면 안 되기에 잠깐 나무를 내리고 휴식했다.

"그렇지. 좀 오글거리는 표현이지만, 그런 타이밍 같은 것도 전부 시오노미야의 편이었다는 생각이 들어. 그때의 주역은 확실하게 시오노미야였어."

"그거, 조금 오글거리는 게 아니라 상당히 오글거려."

"학교 전체에 퍼질 만큼 오글거리지는 않으니까 참아 줘."

"하하. 나도 큰 무대에서 주역이 될 수 있는 삶을 살고 싶었는데."

노지마 군이 중얼거리듯 말했다.

"하고자 하면 할 수 있어. 무대에서 고백한 건 50년에 한 명 꼴의 소질을 가진 고등학교 야구 선수가 아니니까."

내 말은 일반론이라기보다 자신의 의욕을 북돋기 위한 것이었다.

누가 먼저 말한 것도 아닌데, 우리는 다시 가로수를 들었다.

"무대 중앙에 서 있을 수 있는 것부터가 재능이야. 나였다면 못 했어. 나 말고도 대부분의 고등학생은 못 할걸."

재능이라는 말이 내게는 못마땅하게 들렸다.

재능이라든가, 소질이라든가, 이능력이라든가, 그런 것들의 탓으로 돌렸기에 나는 못났던 거다.

나를 못나게 만든 건 나 자신이었다. 그렇게 계속 생각하지 않으면 또 멈춰 서 버린다.

이유를 만들어 포기해 버리는 건 저주다.

그 저주에 계속 몸을 맡기면, 드레인이 있으니까 불행한 것도 어쩔 수 없다는 게 되어 버린다.

그건 너무 절망적이다. 힘든 여정이 되더라도 저항해 주겠다. 그 정도 권리는 나한테도 있다.

"어려운 일이겠지만, 나는 할 수 있다면 하고 싶어."

"나리히라는 이미 해냈잖아."

노지마 군의 목소리는 칭찬하고 있다기보다는 사실을 말했을 뿐이라는 느낌이었다.

"어? 그렇게 눈에 띄는 일은 못 했는데."

"학생회 선거 때 전교생 앞에 섰잖아. 충분히 대단해."

"아아, 그걸 말한 건가…. 이야~ 시오노미야랑은 격이 전혀 다르지…."

선거 연설은 창피를 당해도 그 순간을 넘기면 끝이었다. 시오노미야는 이제부터가 시작이다. 애초에 연애 요소가 엮이느냐 마느냐에 따라 난이도는 전혀 달라진다. 도쿄대학에 합격하는 것보다 연애하는 게 훨씬 어렵다고 생각하는 녀석은 널려 있을 거다.

노지마 군은 아직 나를 좋게 평가해 주고 있지만, 이래서야 과도한 칭찬이다.

가로수의 뿌리는 무사히 흙 속으로 돌아갔다. 꿈자리가 사나워지니까 이대로 시들지 말아 줘. 1년 후에도 건강하게 살아 있어라.

나는 노지마 군에게 고맙다고 말하고서 무대 쪽으로 달려가려고 했지만….

이벤트가 있는 휴일이니 어쩔 수 없지만, 사람이 많아서 달릴 수 없었다. 마음만 초조해졌다.

마침내 돌아온 무대 뒤편에는 세이고 학생도 있었지만, 대학생인 듯한 남녀가 기재를 옮기는 등 혼잡했다. 우리 세이고의 철수 시간과 대학생의 입장 시간이 겹친 듯했다.

그 탓인지 오늘의 주역인 다이후쿠와 시오노미야의 모습도 보이지 않았다.

그리고 아이카도, 타카와시도, 아사쿠마도 없었다. 먼저 돌아가진 않았겠지만….

목덜미에 뭔가 가벼운 것이 닿았다.

자주 맞는지라 이제 감촉만으로도 페트병 뚜껑이라고 판단할 수 있었다.

본인이 프로듀싱한 물을 마시며 에리아스가 서 있었다.

"이벤트도 끝났으니까 지금은 공격하지 말고 치하해."

"거기 우두커니 서 있으면 다음 공연을 준비하는 데 방해되니까, 미안한데 할 일 다 했으면 밖으로 나가 줘. 나는 입장상 철수 작업이 끝날 때까지 돌아갈 수 없지만."

가능하면 고맙다는 말 한마디 정도는 듣고 싶었으나, 에리아스가 한 말 자체는 학생회장 겸 발기인으로서 이치에 맞긴 했다.

그리고 에리아스는 내가 누구를 찾고 있는지 대강 예상이 갔는지 이렇게 덧붙였다.

"인관연 멤버에게도 미안하지만 밖으로 나가 달라고 했어. 특별 취급을 할 수는 없으니까. 그리고 다이후쿠는 부회장이니까 원래는 일할 게 있지만… 특별히 돌려보냈어."

에리아스가 의기양양한 표정을 지었다. 뭔가 좀 짜증 났다.

"특별 취급했잖아."

나는 그렇게 말하고서 페트병 뚜껑을 주워 성실하게 에리아스한테 가져갔다. 녀석이 손을 내밀었기에 그 위에 뒀다.

"여기 가만히 두면 모두의 주목을 받아서 데이트도 못 하니까. 둘이 같이 북쪽으로 보냈어."

"북쪽이라니, 너무 막연하잖아."

신경 써 줬다는 건 알겠는데, 여기보다 북쪽이면 번화가 바깥쪽의 교외다. 곧바로 코슈 가도와 만나고, 옛날 모습을 간직한 상점가가 동서로 뻗는다.

"그편이 세이고 사람을 만날 위험도 더 적으니까. 사귀게 된 직후이니 지금은 둘이 있는 게 가장 중요해. 뭣하면 다음 역인 니시하치오지까지 30분을 걷기만 해도 행복할걸. 가는 길에 카페도 몇 개 있으니까 어떻게든 되겠지."

에리아스가 쓴 방법은 거친 면도 있지만 대강 타당하다고 할 수 있었다. 적어도 나는 그렇게 생각했다. 시오노미야라면 갑자기 30분을 걷게 돼도 불만스러워 하지 않을 테고.

"니 되게 잘 아네. 그런 경험이라도 있어?"

에리아스가 입을 벌리고 당황한 표정을 지었다. 하얀 치아까지 확실히 보였다.

"어, 없어! 한 번도 없어! 바보! OMR 카드에 하나씩 밀려서 체크해라!"

그런 말까지 들을 이유는 없지만, 뭐, 에리아스니까….

“아무튼 다른 인관연 멤버는 어쩌고 있어?”

에리아스는 고개를 갸웃했다.

“몰라. 인관연에 관한 건 인관연이 연락해. 근처에 있지 않을까?”

하지만 무대 주변엔 다음 이벤트를 하는 대학생들뿐이고, 바깥쪽은 사람들이 많이 다니는 길이고, 어디서 기다리고 있을지 짐작이 안 갔다.

이럴 때는 스마트폰으로 연락하면 된다는 생각에 꺼냈더니 LINE 알림이 와 있었다.

아무래도 내가 가로수를 옮기는 동안 진동이 온 탓에 눈치채지 못한 듯했다. 왜 진동 기능은 다리가 움직이고 있으면 안 느껴질까. 걷거나 뛰는 중에 알림이 와도 바로 알 수 있게 만들 수는 없나?

[이미 행사장도 돌아봤고, 해산하기로 했어. 그레 군의 잡일이 언제 끝날지 알 수 없었고.]

[나리히라 군, 에링이 벌써 해산해 버리기로 했어요! 미안해요!]

[선배, 수고하셨습니다!]

인관연의 그룹 대화방에 타카와시, 아이카, 아사쿠마의 메시지가 와 있었다. 작업이 아니라 잡일이라고 표현한 게 타카와시다웠다.

아아…. 미리 인관연끼리 모였으니 더 있을 필요는 없다고 판단한 건가.

어디 패밀리 레스토랑에 있으니까 오라고 했다면 바로 갔을 텐데. 하지만 그건 조금 강제적이니까 말하기 어려운가.

그리고 이벤트 종료 직후에 모이면 아무래도 시오노미야 얘기를 하는 흐름이 되어 버리니까, 아이카가 그건 매너가 아니라고 판단했을지도 모른다.

이럴 줄 알았으면 집합 장소라도 정해 둘 걸 그랬다. 이벤트 종료 후에 바로 쫓겨날 거라는 생각을 못 했다.

오가는 사람은 내가 아이카랑 타카와시와 함께 돌아다녔을 때보다 늘어나 있었다. 코트 차림인 사람이 많은 탓인지, 옆을 지나가는 대학생들이 매우 커 보였다. 게다가 다들 세상 물정에 밝아 보였다.

에리아스가 나가라고 하지 않았어도 어차피 있기 불편했기에, 나는 스마트폰을 오른손에 든 채 그 자리를 벗어났다.

가만히 생각할 수 있는 장소가 의외로 없었다. 거리로 나와 버리니 사람의 흐름이 확실하게 정해져 있어서 멈춰 설 수가 없었다.

자연스럽게 골목으로 도망치듯 들어가 겨우 벽을 등졌다.

앞으로 어떻게 해야 할지 드디어 머리를 굴릴 수 있게 되었다.

계획성이 없었으니 대응이 늦어지는 건 어쩔 수 없다.

일단 상황을 정리하자. 내가 하려고 한 일은 뭐지?

아이카와 만나는 거다. 그것도 가능하다면 단둘이 만나는 것.

그렇다면… 각자 해산하게 된 이 상황은 오히려 좋지 않을까?

무의식중에 "아, 나쁘지 않아."라는 말이 흘러나왔다.

생각해 보면, 인관연이 다 같이 패밀리 레스토랑에라도 들어가서 계속 수다를 떨었다면 오늘은 이제 기회가 없었을 거다.

그 상황에서 단둘이 있고 싶으니까 남아 달라고 말하는 건 너무 무모하다. 목적이 있다는 게 너무 노골적으로 보여서 아이카도 기분 나빠할 것이다.

해산했다지만 시간은 많이 지나지 않았다. 만약 아이카가 아직 역 주변에 있다면 만나자고 할 수 있다. …응, 괜찮다. 그렇게 기묘한 행동은 아니다.

문득 타카와시의 얼굴이 떠올랐다.

혹시 각자 해산하게 된 건 내가 아이카와 함께 보내기 쉽도록 타카와시가 선처해 준 걸까?

충분히 있을 법하다. 아이카의 LINE에도 타카와시가 해산하자고 했다고 쓰여 있었다. 아이카의 성격이라면 나를 기다리려고 했을 터다. 거기서 해산하자고 말할 수 있는 사람은 타카와시밖에 없다.

나에게 있어 고마운 쪽으로 일이 진행되고 있다는 생각이 들었다.

그렇다면 이제 아이카에게 연락만 하면 되는데….

통화 버튼을 누르기 전에 일단 멈췄다.

용건을 확인해 보자.

모처럼 나왔으니까, 아이카만 괜찮다면 같이 일루미네이션 보러 안 갈래?

응, 이렇게 되지. 문제는… 아직 일루미네이션 시간이 아니라는 거다. 아무리 해가 빨리 지는 겨울이어도 너무 이르다.

시각은 네 시도 안 됐다. 우리의 무대가 세 시에 시작됐으니, 정리하는 시간을 포함해도 그 정도였다.

만약 다섯 시부터 점등한다면 한 시간 이상 남았다. 전화로 불러내는 건 부자연스러울지도….

"LINE이 낫겠어…."

여러 연락 수단이 있는 시대라서 다행이다.

바로 아이카에게 보낼 메시지를 입력했다.

[수고 많았어! 남쪽 출구의 일루미네이션이 호평이라더라. 괜찮다면 같이 안 볼래? 미침 그 시긴끼지 억 앞을 돌아다닐 건데.]

LINE 메시지치고는 문장이 긴가? 더 끊어서 보내는 게 좋으려나. 하지만 연달아 보내는 것보다는 정보를 하나로 묶어서 그걸 보고 판단해 달라고 하는 게 낫겠지.

정보가 부족하진 않은지 세 번 더 읽고서 메시지를 보냈다.

시스템 에러도 통신 에러도 없이, 내 말은 아이카에게 전달되었다고 생각한다.

보내 버렸다.

두려움이 섞인 고양감이 벌써 가슴속을 지배하고 있었다.

마음을 좀 진정시키려고 숨을 들이마셨더니 생각보다 공기가 차가웠다.

가만히 스마트폰 화면을 바라보았다. 응시하는 건 아니지만, 그렇다고 시선을 떼지도 않았다. 어차피 지금은 다른 생각을 할 수 없다.

골목 옆 큰길에서 들려오는 웃음소리가 유독 크게 머릿속에 울렸다. 이럴 때, 절대 나를 향한 게 아닐 텐데도 나를 비웃는 것처럼 느껴지는 건 왜일까?

잠시 기다렸다. 다른 참가자에게 수고했다고 메시지를 보내는 것 정도는 할 수 있었을 테지만, 그것도 뒤로 미루고 싶었다. 지금 다른 것을 의식하면 잘 풀리지 않을 것 같다는 생각이 들었다.

5분쯤 지난 것 같은데, 아직 읽었다는 표시는 뜨지 않았다.

고작 5분이다. 이동 중이라면 메시지가 온 걸 모를 수도 있다. 스마트폰을 가방에 넣어서 눈치채지 못한 걸 수도 있다. 그리고 아직 안 읽은 거니까, 메시지를 읽고서 무시한 것도 아니다.

“아무 문제 없어.”

자신을 이해시키기 위해 소리 내어 말했다.

큰길에서 옆으로 살짝 빠졌을 뿐인데 사람은 전혀 다니지 않았다.

마치 나한테만 이 골목이 보이는 것 같았다.

그런 주제에 골목에는 까맣게 눌어붙은 껌이라든가 편의점 봉지 등등 다른 사람이 이용한 흔적이 확실히 남아 있었다.

팔이 부르르 떨렸다. 가만히 있었더니 몸이 으스스해졌다.

앞으로 3분 정도는 여기서 기다릴 수 있겠지만, 15분은 무리다. 역시 이동해야 하나. 그리고 여기서 일루미네이션이 있는 남쪽 출구 광장까지 10분 좀 넘게 걸린다고 생각하는 게 좋다.

보행자 천국인 상점가 거리로 나갔다.

아이카랑 타카와시와 함께 셋이서 걸었을 때와 비교하면 분위기가, 아니, 내가 느끼는 방식이 전혀 달랐다. 내가 어린아이가 되어 버리고, 반대로 가설 천막과 통행인이 전부 거대해진 것 같았다.

밤에 잠이 깨서 물을 마시러 갈 때 일어나는 현상이었다. 무슨 명칭이 있었는데. 이상한 나라의 앨리스 증후군이었나?

스마트폰을 움켜쥐고 어깨에 힘을 주고서, 역 쪽으로 가는 흐름에 합류했다.

마음이 싱숭생숭한 탓도 있지만, 이런 축제를 혼자 걷고 있으면 웃을 수가 없다. 아무래도 불행해 보이는 얼굴이 되어 버린다. 혼자서는 웃으며 걸을 권리가 없는 것 같다는 생각이 든다.

상당히 스트레스네….

만약 아무런 행동도 하지 않았다면, 크리스마스 이벤트 대성공, 정말 잘됐다, 멋진 새해를 맞이하자, 라는 마음으로 이곳을 걸을 수 있었겠지만, 지금 나는 성취감도 기쁨도 어딘가로 가버린 상태였다.

아니, 너무 부정적으로 생각하지 말자.

요컨대 내가 아이카를 그만큼 진지하게 생각한다는 거다.

그저 친구와 뭔가 하자고 연락했을 뿐이라면 이런 기분이 들지는 않는다.

큰길이 횡단보도로 분단된 곳에서 스마트폰을 힐끔 보았다.

읽었다는 표시는 아직 안 떴다.

아이카는 가방에 스마트폰을 넣은 채 누군가와 카페에 들어간 걸지도 모른다. 아이카는 친구도 많고, 하필이면 오늘 아무도 역 앞에 나오지 않는 게 더 이상하다. 이벤트가 끝나는 시간도 처음부터 알고 있었고, 끝나고 나서 만나기로 약속했을 수도 있다.

뭐 때문에 가능성을 늘어놓고 있는지 나도 잘 모르겠지만,

그런 생각만 하게 되었다. 다른 생각을 하는 건 무리였다. 지금이 만약 대학 입시 중이었다면 제대로 떨어졌다. 머릿속이 새하얗다는 표현이 딱 맞았다.

터덜터덜 걷다 보니 역의 북쪽 출구까지 와 버렸다.

시계는 네 시 정각을 가리키고 있었다. 의외로 시간이 걸렸다.

어차피 한 시간 후고, 메시지를 읽지 않았어도 목적지에는 갈 예정이지만, 그래도 지금 가는 건 너무 이르다. 55분 전 집합이 된다. 그 정도면 감기에 걸릴 거고, 계속 서 있으면 다리도 아프다.

그 후 역빌딩의 서점에서 30분쯤 시간을 때웠다.

4시 33분. 슬슬 움직일까. 40분경에 목적지에 갈 수 있을 거다. 20분이라면 기다릴 수 있다.

솔직히 지금쯤이면 뭔가 반응이 있을 줄 알았는데… 안일했다.

하는 수 없지. 갑자기 만나자고 한 내가 나빴다. 애초에 이미 오늘 만났으니까, 또 만나서 얘기하고 싶었다면 그때 한마디 했어야 했다.

역의 남쪽 출구로 나왔다.

연말이 다가오는 하늘은 이미 꽤 어두워져서, 이능력을 쓰지 않아도 화이트 크리스마스가 될 것 같았다. 눈이 내릴 만큼 도쿄의 12월 기온은 낮지 않지만.

큰길에 있는 호리호리한 가로수와 비교하면 남쪽 출구 광장의 나무는 모두 훌륭했고, 거기에 줄전구가 여러 개 늘어져 있었다. 언제 점등해도 이상하지 않을 만큼 이미 주위는 어둡지만, 뭐, 좀 더 있어야겠지.

상식적으로 생각하면 이렇게 갑자기 만나자고 해도 아이카는 안 오겠지만, 어쩔 수 없다.

시오노미야의 용기에 감화되어 마음만 앞서 버렸나. 응, 마음만 앞서 버렸지. 용기를 내는 것과 계획 없이 내달리는 것을 똑같이 생각해 버린 경향이 있다.

가로수를 빙 에워싸듯 바움쿠헨 모양의 벤치가 놓여 있었고, 그중 몇 개는 앉아 있는 사람도 있었다. 가만히 앉아 있으면 추워서 그런지 사람은 아주 적었다.

이벤트를 했던 북쪽 출구의 큰길과 비교하면 한산했다. 그 탓인지 남쪽 출구는 더 추운 것 같았다.

30분쯤 기다려 보고, 그래도 여전히 안 읽으면 귀가하겠다고 메시지를 보낸 다음 철수….

"역시 그레 군이네."

부르는 소리에 아주 깜짝 놀랐다. 경찰에게 들킨 범인의 심경에 가까웠다.

돌아보니 타카와시가 서 있었다.

그야 나를 그레 군이라고 부르는 사람은 이 세상에 타카와시

뿐이다.

그건 좋은데….

“왜 네가 있어?”

혹시 아이카에게 메시지를 보낸다면서 타카와시한테 보냈나?!

설마. 그럴 리는 없다. 정상적인 정신 상태라고는 할 수 없었지만, 문장도 몇 번이나 확인했었다. 보낼 상대를 틀리지는 않았을 터….

“내가 사는 동네에 내가 있으면 안 돼? 그러면 그레 군은 왜 존재해?”

자연스럽게 싸움을 걸어왔다.

이 반응을 보아하니 메시지를 잘못 보낸 게 아니라 단순한 우연인 듯했다.

타카와시가 가리킨 곳에 서점이 하나 있었다. 내가 들어갔던 역빌딩의 서점과는 다른 곳이었다.

“저기서 책을 샀을 뿐이야. 스모 대회 무크.”

“너 진짜 스모를 좋아하는구나….”

“특집은 「체구가 작은 선수, 품으로 파고드는 기술」이야. 이건 사야지.”

“나는 기준을 모르겠어.”

그야 역 앞이니까. 아는 사람이 있을 가능성도 크다.

장소 선정을 완전히 실패한 거 아닐까. 그렇다고 역에서 너무 멀리 떨어진 곳에서 보자고 하는 것도 이상하다. 초이스를 실패한 건 아닐 거다.

타카와시는 뒷짐을 지더니 하늘을 올려다보듯 시선을 들었다.

"그나저나 시오노미야는 대단하네."

타카와시는 한숨을 쉬었다.

아마 감탄의 한숨이겠지만, 내가 아니었다면 어이없어한다고 받아들였을 거다. 타카와시의 표정이 언제나 대체로 불퉁해 보이는 탓이다.

그리고서 타카와시는 시오노미야의 대단함을 설명하기 위해 스모 선수의 이름을 예시로 몇 명 들었다.

"스모를 자세히 몰라서 비유 표현의 의도를 모르겠어."

"전부 왕년에 책략을 잘 썼던 선수야. 과감한 움직임을 보여주면서 정면 승부도 제법 강했어. 대전 상대 입장에서는 방심할 수 없는 상대지. 어떻게 나올지 알 수 없으니까."

"시오노미야는 책략가가 아니잖아. 오늘 일은 깜짝 놀랐지만."

"나는 세 번 다시 태어나도 그런 일은 못 해."

타카와시는 또 한숨을 쉬었다. 하얀 입김이 새어 나왔다. 시시각각 어두워지는 풍경 속에서 흰색은 도드라져 보였다.

"야. 부정하는 표현으로 받아들일 수도 있어. 조심해."

시어머니가 며느리에게 비아냥거리는 듯한 느낌이 있었다.

"칭찬하는 거야, 정말로. 우리가 할 수 없는 일을 시오노미야는 해냈으니까. 격이 다르다는 걸 통감했어."

아이카 얘기를 꺼내지는 않는구나. 타카와시 나름대로 신경 써 주고 있는 건가. 아니면 타카와시가 현지에서 인관연을 해산시킨 것은 나랑 아이카가 만나기 쉽게 배려해 준 것이 아니라 그저 내 억측이었나.

아마 내 억측이겠지. 뭐든 아이카와 결부시켜 생각하고 있다. 지금의 나는 전혀 냉정하지 않다. 아마도. 지금의 나는 그것도 판단할 수 없었다.

어쨌든 아이카한테서 연락이 오면 타카와시에게 사정을 이야기하자.

타카와시의 시선이 다시 위로 향했다.

때마침 일루미네이션이 시작되었다.

위에서 물방울이 떨어지듯 전구의 색이 점차 바뀌었다.

관광지가 될 만한 본격적인 일루미네이션보다는 못하겠지만, 충분히 구경할 만한 수준이었다.

"4시 45분부터 점등하는 건가."

"그레 군, 역 앞 일루미네이션 같은 걸 조사하고 있는 거야? 착안점이 이상하잖아. 마이너부심이 있는 녀석 같아."

"점등 시간을 신경 쓴 것 가지고 그렇게까지 말하지 마!"

아이카를 기다리고 있었다고 이 타이밍에 말할 수는 없기에 다른 이유가 필요했다.

"모처럼 크리스마스고, 일루미네이션을 보며 크리스마스를 만끽한 다음에 돌아가고 싶었던 거야."

"실연한 남자가 떠올릴 법한 발상인데, 왜 실연하기 전부터 실연한 남자처럼 굴고 있어?"

"왜 크리스마스에 이런 말을 들어야 하는 거지…. 이해할 수 없어."

그리고 다섯 시까지 앞으로 15분 남았는데 타카와시와 잡담하는 흐름이 되어 버렸다.

다만 손에 든 스마트폰은 아까부터 꿈쩍도 하지 않았다.

아이카는 내 메시지를 눈치채지 못한 것 같으니까 아직 괜찮으려나.

"아야메이케랑 사귀고 싶다면 도와줄게."

중얼거림 같은 타카와시의 그 목소리는 유독 선명하게 들렸다.

스마트폰으로 가 있던 의식이 즉각 타카와시에게 향했다.

타카와시는 일루미네이션을 바라보고 있었다.

그 옆모습이 '얼음 공주'라고 불릴 만큼 아름다워 보였다.

일루미네이션의 다채로운 색 때문에 타카와시의 긴 흑발이 오히려 돋보였다.

얼음 공주도 일루미네이션을 구경하고 싶은 거다.

학교에서 자주 보는 험악한 기색이 타카와시의 얼굴에서 사라진 상태였다.

일루미네이션을 아름답다고 느끼고 있는 증거였다. 표정 변화는 적지만, 타카와시에게도 분명하게 여러 가지 표정이 있다.

언짢은 듯 보여도, 친구와 함께 있을 때는 의외로 즐거워한다는 것을 나는 알고 있다.

반년 전의 나는 그런 타카와시를 몰랐다. 반년 사이에 나도 조금은 타카와시를 자세히 알게 됐다.

반대로 타카와시도 내가 누구를 좋아하는지 알고 있는 거다.

"도와주겠다니… 무슨 말이야?"

타카와시는 내 쪽으로 천천히 시선을 돌렸다.

"말 그대로의 의미야. 그레 군이 아야메이케를 좋아하니까, 그 마음을 전하는 걸 동맹자로서 응원은 하겠다는 거지. 그래서 실연하더라도 책임은 안 질 거지만."

"아, 너, 처음부터 실연할 거라고 보고 있지…? 애초에 실연이라는 단어가 나와서 생각난 거지…?"

"그야 그렇지. 오늘 시오노미야와 다이후쿠를 보고 불이 붙었다든가, 아주 있을 법한 일이잖아. 지금 움직여야 한다고 생각했을 것 같아. 이건 운명이라고 생각했을 것 같은 날이고. 그레 군도 자신을 특별 취급하고 싶어졌겠지."

타카와시는 키득키득 웃고 있었다. 굳이 따지자면 비웃는다는 표현이 맞았다. 이 녀석은 그저 나를 놀릴 재료가 필요했던 것뿐이다.

"그렇게 생각했지만, 이런 곳에 그레 군 혼자 있는 걸 보면 아무런 행동도 안 한 거네. 미안, 과대평가했어."

타카와시는 몹시 피곤하다는 표정을 지었다.

윽…. 아이카한테 만나자고 하긴 했는데 반응이 없다고 말할까?

그런 것까지 타카와시에게 말할 필요는 없나….

"오늘은 아이카의 타이밍이 안 좋은 날이었어. 조만간 아이카와 사귀게 됐다고 보고해 주겠어!"

"그건 무리야."

간단히 단언했다.

"지금 그레 군은 시오노미야와 다이후쿠가 잘된 걸 보고 똑같은 일을 하려는 거잖아. 거기까지는 좋지만, 자신도 어떻게든 될 거라고 생각하고 있어. 그건 단순한 사실 오인이야. 갈매기가 하늘을 나는 걸 봐도 펭귄은 날지 못해. 게임과 달리 초기화 버튼은 없으니까. 똑같은 상대에게 고백해서 다섯 번 실연하고 여섯 번째에 성공하는 일은 없어. 120퍼센트, 쓴맛을 보게 돼."

100퍼센트를 넘기지 마.

"즉, 반드시 실패하겠지만 그래도 도전하라고, 너도 응원하겠다는 말을 하고 싶은 거야? 모순됐잖아."

나보고 행동하라고 말하면서, 내가 아이카와 사귀겠다고 큰 소리치자 불가능하다고 말하고, 어느 쪽인데.

"모순되진 않았어."

타카와시는 그렇게 말했다.

일루미네이션의 변화가 교복 차림인 타카와시를 꾸몄다.

"날지 못하는 새는 날지 못하는 새 나름대로 할 수밖에 없잖아."

의미가 이어졌다.

날지 못하는 새여도, 날려고 발버둥 칠 수밖에 없는 거다. 그게 타카와시가 하고 싶은 말이었다.

뭐야, 그렇다면 내 생각과 전혀 다르지 않잖아.

"그럴 거야. 포기할 생각은 없어."

아이카에게 포기하지 말고 무대에 서라고 말한 내가 포기하는 건 반칙이다.

타카와시는 나의 그 말에 독설을 날리지 않았다.

내 의욕은 인정해 주는 것 같았다.

타카와시의 독설이 없었기에 잠시 간격이 생겼다.

불편한 침묵은 아니었다.

별안간 타카와시의 표정이 살짝 부드러워졌다.

하지만 타카와시는 평범한 미소 따위 짓지 않는다. 그 표정도 체념 비슷한 것을 머금은, 말하자면 패배자의 미소라고 할 수 있는 종류였다.

타카와시가 뭘 말하려고 하는지는 알 수 없었지만, 뭔가를 말하려고 한다는 것까지는 알 수 있었다.

그래서 말하기를 기다렸다.

"솔직히 말하자면, 난 시오노미야와 다이후쿠 군에게 질투했어."

타카와시는 늘 누군가를 디스하지만, 그 말은 인사 대신 하는 그런 것과는 의미가 달랐다.

"너무 훌륭하잖아. 그런 훌륭한 비행을 보게 된 펭귄은 괴로워."

"성에 독수리 취 자가 들어가면서 자신도 펭귄으로 비유하는 거냐."

표면을 훑는 듯한 무난한 말이라고 나 자신도 생각한다.

그래도 이때의 타카와시는 평소에 두르고 있던 딱딱한 갑옷 같은 것을 벗은 상태였기에 나도 신중해졌다.

"내가 원해서 이런 성을 쓰게 된 건 아니야. 원해서 하구레라는 성을 쓰게 된 게 아닌 것처럼."

무엇이 이 녀석에게 변화를 주었는가?

간단한 얘기다. 시오노미야다.

내게 불이 붙었느니 어쨌느니 말한 주제에, 이 녀석도 그런 평범한 고등학생 같은 생각을 한 거다.

"즉시 해산한 진상을 알겠네. 너, 시오노미야에 관해 얘기하는 게 싫었던 거지?"

나랑 아이카가 만나기 쉽게 배려한 것도 있겠지만, 어쨌든 다 같이 모이고 싶지 않았던 게 아닐까.

"그레 군도 크게 다르지 않았겠지. 적어도 두 사람 일을 마냥 기뻐할 정신 상태는 아니었을 거야. 원망하는 건 아니지만, 크게 타격을 입긴 했어."

그러고서 타카와시는 자포자기한 것처럼 "하아." 하고 한숨을 쉬었다. 또 하얀 입김이 영혼처럼 입에서 새어 나와 곧장 공기 속에 녹아들었다.

"평범한 고등학생은 그런 연애를 하는 걸까?"

"보통은 그렇게까지 극적인 일은 안 하겠지. 그리고 평범한 고등학생처럼 사는 건 네가 평소에 마구 부정했잖아. 동경하지 마."

"그러면 그런 연애를 할 수 있을 것 같아?"

"못 하겠지."

즉납했다.

이건 자학이 아니라 객관적인 평가에 의거한 것이었다.

타카와시와 확실하게 눈이 마주쳤다.

내가 즉답한 것이 웃겼는지,

"후후…."

타카와시가 소리 내어 웃었다.

이에 나도 덩달아 웃음이 났다.

결국 타카와시와 나는 동류인 부분이 있었다. 타카와시가 아무리 그걸 부정하려고 해도, 있는 건 있다. 나도 타카와시도 사물을 과하게 외부에서 바라봐서 자신이 무대에 오르지 못하게 되는 구석이 있었다.

타카와시의 눈에서 웃음기가 사라졌다.

"그러니까 그레 군이 아야메이케에게 맞서겠다고 하면 동맹자로서 응원할 거야. 안 될 거라고 생각은 하지만 말이지."

안 될 거라고 생각한다고 말하긴 했지만, 타카와시는 진심으로 응원하겠다고 말하고 있었다. 그 정도는 동맹자로서 알 수 있었다.

"그리고, 꽤 재미있을 것 같고."

"결국 오락을 위해서냐."

나도 솔직해질 수 없었지만 기쁘기는 했다. 실제로 뭘 해 줄지 모르겠고, 아무것도 안 하는 게 돕는 걸지도 모르지만, 마음은 받아 두기로.

타카와시의 머리 위에 뭔가 약하게 빛나는 것이 있었다.

일루미네이션은 아니었다.

전광게시판 같은 그것은 마음속 오픈이었다.

이런! 서로 웃어 버렸을 때 눈이 마주쳤는데, 그 시간이 의외로 길어진 상태였다.

하지만 이런 상황이고, 기껏해야 '응원할게' 정도겠지.

너무나도 심플한 그 세 글자가 오른쪽에서 왼쪽으로 흘러가지도 않고 머물러 있었다.

어…? 뭐야…? 어떻게 된 거야…?

"그레 군, 안색이 안 좋아. 일루미네이션의 파란색 부분만큼 창백해. 노로바이러스야?"

타카와시가 평소처럼 미심쩍다는 얼굴로 보았다.

"아니야…. 어떤 의미에서 노로바이러스만큼 급성이지만…."

"요컨대 뭐야? 신경성 위염? 그레 군만큼 스트레스를 받는다면야 특별히 놀랍지도 않지만. 나 때문이라고 하지 않는 한, 얼마든지 스트레스를 받아도 돼."

이 익숙한 태도를 보면 마음속 오픈이 나타난 것을 타카와시 본인은 모르는 듯했다. 아니, 절대 모른다.

이전에도 마음속 오픈이 나타났다고 지적하면 매우 당황했었으니까. 심지어 노골적으로 감정을 나타내는 말이 나와 있는데 태연할 수 있을 리가 없다.

아니, 감정이라고 했지만, 뭘 좋아한다는 건데?

문장으로서 성립되지 않는다. 여러 가지로 해석할 수 있다. 〈좋아해.〉라면 또 모를까, 마침표도 안 찍혀 있다. 명령형일 가능성도 없지는 않다.

<좋아해>

아무튼… 시선을 돌리자. 그런 생각을 할 필요도 없이, 나는 고개를 숙일 수밖에 없었다.

솔직히 치마가 뒤집혀서 팬티가 보인 수준의 문제가 아니었다. 더 심각한 게 보이고 있었다.

"정말로 몸이 안 좋아? 이벤트의 스트레스가 이제 와서 나타난 거야? 그레 군은 일을 끝낸 뒤에 감기에 걸려서 열이 나는 타입이야?"

내 컨디션 문제라고 오해하고 있는 것이 불행 중 다행이었다. 상대가 타카와시이기는 해도 속이고 있다는 죄책감이 들지만, 진실을 말해서 상처 주는 게 무서웠다.

"벼, 별거 아니야…. 15초 정도 있으면 가라앉을 거야…."

나는 배를 부여잡았다. 그런 것보다 시선을 아래로 내리는 게 중요하다.

잠시 아래를 보고 있으면 마음속 오픈은 사라진다.

타카와시는 그게 나타났다는 것도 눈치채지 못했다.

아무런 증거도 남지 않는다.

"혹시 드레인은 자기 몸을 좀먹기도 해? 그렇다면 말로만 동정할게."

"그건 동정이라고 안 해."

목소리를 듣건대 역시 내가 이상하다는 걸 알아차린 것 같긴 하지만, 아직 얼굴은 들 수 없었다.

"하지만 형식이 감정을 규정하기도 해."

"아니, 그렇게까지 해서 옹호할 만한 발언도 아니잖아! 본인이 동정할 생각은 없다고 말했으니까 동정이 아니라고!"

나는 고개를 들었다.

이미 마음속 오픈은 사라져 있었다.

"나… 나았어."

타카와시의 얼굴을 힐끗 봤지만, 어떻게 봐도 뭔가에 호감을 느끼고 있는 얼굴은 아니었다.

"그래? 다행이네. 하지만 아직 안색은 안 좋고, 환자한테 장난치면 내가 나쁜 짓을 하는 것 같으니까, 오늘은 이만 갈게."

"참고로 환자한테 장난치는 건 나쁜 짓이야."

"그래, 몸조리 잘해."

타카와시는 그렇게 말하더니 성큼성큼 앞으로 와서 내 바로 옆을 지나쳐 역으로 올라가는 에스컬레이터 쪽으로 갔다.

내 쪽을 돌아보지도 않았다. 몸매가 좋아서 그런지 실제보다 키가 커 보였다.

그렇게 에스컬레이터를 타자 삽다한 군중의 일부가 되어 버렸다.

나는 천천히 고개를 들어 다시금 일루미네이션을 바라보았다.

전광게시판 비슷한 것은 어디에도 없었다. 전구로 꾸며진 나무들 사이에는 허공만이 있었고, 캄캄해지기 전의 어중간한 어둠으로 채워져 있었다.

불현듯 현재 시각이 신경 쓰였다.

스마트폰 화면을 보니 다섯 시가 되기 2분 전이었다.

이 일루미네이션은 일일이 다른 날에 아이카를 불러내서 볼 만한 것도 아니고, 이번에는 연이 없었나 보다.

스마트폰이 갑자기 진동했다.

땅에 떨어뜨릴 뻔했다. 완전히 기습이었다. 낚은 생선을 제압하는 것처럼 어떻게든 손으로 고정했다.

화면에는 아이카의 이름이 표시되어 있었다. 아이카라는 이름이 보여서, 나는 오히려 당황했다.

이 전화는 꼭 받아야 한다. 안 그러면 (그럴 리 없지만) 다시는 아이카와 만날 수 없을 것 같다는 생각조차 들었다.

그런데도 통화 버튼을 누르고 뭘 얘기하면 좋을지 머릿속에 떠오르지 않았다.

아이카가 연락해 준 게 기뻐서 아무 생각도 할 수 없었다.

통화 버튼을 누르기 직전에 나는 '아이카'라는 문자를 바라보았다.

천천히 누르고, 스마트폰을 귀에 가져갔다.

"여, 여보세요. 아이카야…?"

[아, 나리히라 군, 오늘 수고 많았어요! 그리고 연락이 늦어져서 미안해요!]

평소처럼 명랑한 아이카의 목소리가 스마트폰에서 흘러넘칠 듯이 울렸다. 그리고 시끌시끌한 노이즈가 뒤쪽에서 들렸다. 철도 지연을 알리는 안내 방송 같은 소리였다.

[일루미네이션, 무척 궁금하지만, 다른 일이 있어서…. 이번에는 패스하고 싶어요.]

"아아, 응, 전혀 문제없어. 나야말로 갑자기 말 꺼내서 미안해."

무계획적으로 저지른 일이었고, 그것도 역 앞의 일루미네이션을 같이 보자는 거였다. 선약을 이길 수 있을 리도 없고, 내 쪽을 우선하면 선약 상대에게도 미안하다.

나로서는 아이카의 목소리를 듣게 되어 찜찜함이 해소된 것만으로도 더 바랄 게 없었다.

…아니지, 그래선 안 되나? 거절당해서 안도하는 내가 있었다. 아쉬워해야 하는 상황 아닌가…?

어, 어쨌든… 반성은 나중에 하자. 아직 현재 진행형인 일을 어떻게든 해야 한다.

"연말연시도 이쪽에 있다면, 또 만날 수 있으면 좋겠다."

'만날 수 있으면 좋겠다'라니, 그게 뭐야. '만나고 싶어'라고 하란 말이다. 말이 약하다고.

[네! 잘 부탁해요!]

아이카의 즉답이 구원해 줬다. 솔직히 말해서 이대로 몇십 시간이든 아이카와 통화하고 싶었다.

자, 다음에 만날 기회를 만들어 둬.

"다음에 만나는 건 신년맞이 참배 때려나. 아이카도 도쿄에 있다면 어딘가 같이 가지 않을래?"

[아, 좋네요! 대학 합격 기원도 해야 하고요!]

다행이다. 최소한 다음번 만남으로 이을 수는 있었다.

[그럼 또 만나요! 해피 크리스마스!]

아이카가 꺼낸 축복의 말을 끝으로 통화는 끊어졌다. '0분 38초'라고 표시되었다. 트집일 뿐이지만, 숫자로 보여 주니 가치를 폄하당한 듯한 기분이 들었다. 1분 미만이어도 내게는 정말로 중요한 전화였다.

나의 이번 미션은 이로써 끝났다. 과제는 남았으나, 아니, 결국 아이카와 일루미네이션도 못 봤고, 아무것도 이뤄진 게 없지만, 이렇게 아이카와 약속을 잡아서 함께 보내는 시간을 늘려 나가는 것은 맞는 일일 터다.

이제 집에 가기만 하면 된다. 이벤트 참가자에게 LINE으로 수고했다고 메시지를 보낼 여유도 겨우 돌아왔다.

그때, 어떤 것을 깨달았다.

아이카에게 보낸 메시지에 읽음 표시가 떠 있었다.

솔직히 처음에는 왜 그런 게 신경 쓰였는지 나도 알 수 없었다.

당연한 일이다. 아이카가 LINE을 봤기에, 내가 같이 일루미네이션을 보자고 한 걸 알았고, 그걸 거절하기 위해 전화했다. 그게 다다.

그런데 어째선지 불안이 가슴에 자리 잡고 있었다.

뭔가 잊어버렸을 텐데 떠올릴 수 없는 감각과 비슷했다.

아… 그런가.

아이카의 전화, 타카와시가 돌아간 직후에 걸려 왔다.

굉장히 타이밍이 좋았다. 단순한 우연일지도 모르지만… 마치 타카와시와 내가 이야기하는 걸 보고 있었던 것 같았다.

고개를 들었다. 전구가 장식된 나무보다 훨씬 높은 곳에 이동하는 사람들이 보였다. 역과 직결되어 있는 구름다리였다. 위에서 일루미네이션을 내려다보고 있는 사람도 두 명쯤 있었다.

저런 곳에서라면 아이카도 타카와시와 내 존재를 알아차릴 수 있었을 것이다. 저 부근에서 역의 개찰구 쪽으로 걸어가면, 딱 역의 안내 방송이 들릴 즈음에 통화하게 되지 않을까…?

아니아니, 타카와시와 내가 얘기하는 걸 봤더라도, 아이카가 거기서 가만히 대기할 필요는 없잖아. 평범하게 말을 걸어올….

…………아.

만약… 정말 만약이지만… 타카와시의 마음속 오픈이 나타나 있는 것을 아이카가 봤다면….

마음속 오픈이 나타났다는 것도, 그 이능력을 아는 아이카라면 알 수 있다. 멀리서도 알 수 있다. 사라질 때까지 기다렸다가 말을 걸려고 할 거다.

그리고 거기 있는 글자가 보여서, 〈좋아해〉라고 적혀 있다는 걸 알았다면….

"생각해 봤자 소용없어! 망상이 너무 극성이라고…."

소리 내어 말해서 사고를 강제로 중단했다.

나는 머리가 어지러울 정도로 고개를 휘휘 저었다.

가정에 가정을 거듭하면 뭐든 가능해진다. 전화 타이밍에서 과하게 의미를 찾아내고 있는 거다. 응… 그럴 터다.

자전거 보관소 쪽으로 뛰다시피 이동했다.

추워서 그런지 몸이 잘 안 움직이는 것 같았다.

"집에 가면 코타츠로 직행하자…."

밝은 전조등을 켠 노선버스가 원형 로터리에 들어왔다.

버스의 전조등이 너무 밝아서, 아까 본 일루미네이션과 그 앞에 서 있던 타카와시의 얼굴이 떠올라 버렸다.

타카와시의 표정은 아주 부드러웠고 공격적인 부분이 없었다.

아니, 아니다…. 타카와시는 평소처럼 불퉁하고 언짢아하는 얼굴이었을 터다. 과거를 날조하지 마….

자전거 보관소로 걸음을 더 서둘렀다.

그러면 괜한 생각을 떨쳐 낼 수 있을 것 같았다.

올해도 앞으로 일주일 뒤면 끝난다.

고작 일주일.

어째선지 내년을 생각하는 게 굉장히 무서워졌다.

물리적으로 고립된 나의 고교생활

SS 자신의 옛날 사진을 보여 주는 건 부끄럽지만, 다른 사람의 사진은 보고 싶단 말이지

"모두의 어릴 적 사진이 보고 싶어요!"

아이카가 월요일에 그렇게 말했고, 이왕이면 이능력이 발현되기 전의 사진을 보여 주자고 해서, 수요일에 다들 사진을 가져왔다.

왜 화요일에 안 가져왔냐 싶을 텐데, 말을 꺼낸 아이카만 화요일에 사진을 가져오는 것을 잊어버렸기 때문이다. "전원이 가져와서 보여 줘야지. 나중에 제출하는 건 불공평해."라고 타카와시가 말했기에 공개도 수요일로 미뤄졌다.

그렇게 맞이한 수요일.

다들 저마다 큰 앨범이나 작은 사진 홀더 등을 준비해 왔다.

아이카가 가져온 건 100엔숍에서 파는 사진 홀더겠지…. 장래에 정말로 100엔숍 회사에 취직하는 거 아닐까….

"그럼 아이카부터 먼저 공개할게요! 이건 초등학교 입학식

사진이에요!"

그 사진 속에는 모자를 쓴 완벽한 소녀가 있었다.

지금의 아이카를 그대로 축소한 것처럼 활달함과 귀여움이 섞여 있었다.

※그리고 저는 너무 접근할 수 없기에 떨어져서 보고 있습니다.

"그레 군, 시선이 기분 나빠…. 로리콤이야…?"

타카와시가 오물을 보는 눈빛으로 쳐다봤다.

"아니, 나는 노멀이야…. 그저 귀엽다고 생각했을 뿐이야…. 귀여운 걸 귀엽다고 생각하는 건 정상이잖아…?"

"변명이 기네, 로리 군."

하지 마. 그레 군을 로리 군으로 바꾸지 마.

"뭐, 지금의 아야메이케와 어린 시절의 아야메이케는 로리콤 시점에서 보면 전혀 장르가 다르니까 지금의 아야메이케는 안전하겠네. 오히려 시오노미야가 요주의야."

"네? 저요?"

시오노미야가 깜짝 놀라잖아! 이 화제를 질질 끌지 마!

"시오노미야의 사진도 보고 싶어요! 보여 주세요!"

마침 아이카가 다른 얘기를 꺼내 줬다. 고마워, 아이카!

"이거예요. 저는 늦게 이능력자가 된지라, 사진 대부분이 이능력자가 되기 전의 사진이지만…."

시오노미야가 가져온 것은 커다란 앨범이었다.

나는 드레인 관계상 타카와시와 아이카가 "란란, 귀여워요~!" "그러게. 평범하게 귀엽네."라고 말하는 것을 들으며 기다렸다. 두 사람이 벽이 되어서 각도상 안 보였다.

가능하다면 저 속에 끼고 싶다…. 같은 인관연인데 외톨이 같다….

시오노미야의 앨범이 마침내 내 쪽으로 넘어왔다.

갓난아기 때부터 점점 자라, 전학해 오기 전의 고등학생 때 사진까지 있었다.

참고로 초2 무렵부터 시오노미야는 이미 트윈테일을 하고 있었다.

소녀×트윈테일, 너무 잘 어울리네….

천사 같다는 표현이 빈말이 아니라 옳게 성립했다.

"그레 군, 초등학교 저학년 때의 사진만 주시하고 있지 않아?"

타카와시가 의혹 어린 시선을 보냈다.

심지어 이건 웃자고 장난치는 게 아니라 진심이었다….

"갓난아기 사진부터 고등학교에 들어간 후까지 선택지가 풍부한데도 초등학교 저학년 페이지로 돌아와 있잖아…. 정말로 7~8세가 스트라이크 존인 거야…? 그건 아래쪽 꽉 찬 공이 아니라 원바운드야…. 극혐…."

"아니야! 단순히 이때부터 트윈테일이었구나 하고 생각했을 뿐이야!"

마침 그때, 메이드장이 시오노미야에게 무슨 말을 불어넣었다. 그에 맞춰 시오노미야의 얼굴이 빨개졌다…. 분명 쓸데없는 말을 하고 있을 거다!

"저기, 초등학생이 취향이신가요…?"

"그런 취향 아니야! 특수한 성벽은 없어!"

아이카가 "란란의 사진이 귀여우니까 어쩔 수 없어요~" 하고 두둔해 줬다. 아이카가 없었다면 나는 인관연도 출입 금지를 당했을지 모른다….

"그럼 다음은 나리히라 군의 사진을 봐요!"

고마워, 아이카. 어떻게든 로리콤 의혹이 커지지 않고 넘어갈 것 같다.

"나는 초5 때 이능력자가 돼서, 그 전의 사진을 가져왔어."

집에서 대충 열 장 정도 골라 왔다.

"그레 군의 어린 시절에 그다지 관심은 없는데."

"하고 싶은 말은 알겠지만, 일일이 말하지 마! 그럭저럭 상처받는다고! 그래서 많이 가져오지도 않았어!"

그래도 여자 세 명은 제대로 모여서 사진을 봐 줬다. 메이드장도 미묘하게 보려고 하는 것 같은데, 메이드장이 내게 너무 관심을 가지는 건 그것대로 무섭다.

"나리히라 군, 스포츠를 잘할 것처럼 생겼어요!"

"축구하는 모습도 그럴싸해요!"

먼저 선의의 결정체인 아이카·시오노미야 페어가 좋게 평가해 줬다. 그랬다. 초등학생 시절의 나는 결코 외톨이가 아니었다.

그리고 타카와시가 내 쪽으로 고개를 돌렸다(단, 시선은 보내지 않았다).

"아주 평범해서, 감상을 요구해도 곤란해."

"너, 오늘은 특히나 무례하네!"

"그치만 특필할 부분이 없는걸. 어디서나 흔히 볼 수 있는 초등학생이잖아…."

"맞아… 나는 평범한 초등학생이었고, 그대로 평범한 중학생과 고등학생이 될 예정이었어…."

이능력 때문에 인생의 단추가 단숨에 세 개 정도 잘못 끼워졌다.

"전부 드레인 탓이야…."

"아…. 그레 군은 이능력의 피해자였구나…."

타카와시가 드물게도 공감을 나타냈다.

"그건 남의 일이 아니라서 괴로움도 이해해."

"너도 이능력의 피해자니까 말이지."

시선을 맞추지 못하게 되어 웃지도 못하니까, 타카와시는 자연스럽게 퉁명스러운 얼굴이 되었을 것이다. 아무리 활기차고 명랑한 소녀였어도 '얼음 공주'라고 불릴 만한 캐릭터가 될 수 밖에 없다.

"그럼 마지막은 에링의 사진이네요! 보여 주세요!"

아이카는 타카와시가 품에 안고 있는 얇은 앨범이 매우 신경 쓰이는 것 같았다.

그 모습이 식사를 기다리는 강아지 같았지만, 관심이 있는 건 나도 마찬가지였다.

마음속 오픈 이능력을 갖게 되기 전의 어린 타카와시는 어떤 얼굴을 하고 있을까.

이능력을 가지기 전의 사진이 촐싹거리는 모습이라면 그건 그것대로 서글프다. 마음속 오픈 같은 능력을 손에 넣어 버린 괴로움이 오히려 전해진다.

앨범 앞에 나란히 자리한 아이카와 시오노미야 뒤에서 나도 엿보았다.

"매, 맨 처음은 아마 유치원 때 사진이었을 거야…."

옆으로 고개를 돌린 채 타카와시가 해설만 곁들였다.

"그럼 보기로 할까요! 오픈이에요!"

아이카가 기운차게 앨범을 열었다.

딱 봐도 언짢은 모습인 유치원생의 사진이 그곳에 있었다.

신사의 경내에서 촬영한 것 같은데, 오히려 악마에라도 들린 듯한 표정을 짓고 있었다….

초등학교에 들어간 이후의 사진도, 본 순간 타카와시임을 알 수 있을 만큼 똑같은 얼굴을 하고 있었다.

아무튼 전부 불만 있다는 얼굴로 찍혀 있었고, 한 장도 웃고 있지 않았다.

"타카와시, 너 원래 이런 얼굴인 거지…. 이능력은 관계없는 거지…."

"뭐야, 불만 있어? 웃으며 사진을 찍어야 한다는 규칙은 없잖아? 세상이 꿈도 희망도 없다는 것 정도는 유치원에 다닐 때부터 알고 있었어."

적어도 타카와시의 성격은 옛날부터 한결같구나…. 오히려 마음속 오픈이라는 이능력한테 성격 변화의 책임까지 떠넘겨서 미안하다고 말하고 싶다.

"우와~! 에링, 초등학생 때도 굉장히 미인이네요!"

"그러게요. 아동 모델 같아요."

두 사람의 목소리를 듣고, 내 시선은 다시 앨범으로 향했다.

확실히 한 장도 안 웃고 있긴 하지만, 전부 멋있고 아름다웠다. 화려한 매력이 있었다.

반면 내 사진은 전부 수수했다. 타카와시가 말했듯 특필할 점이 없었다…. 초등학생이라는 것 이상의 정보가 포함되어 있지 않았다.

이능력자가 되는 것은 후천적이고 특수한 일이지만, 평범한 인간으로 태어나도 다른 인간과 차이는 벌어지는 법이구나. 그런 숙명 같은 것을 느꼈다….

물리적으로 고립된 나의 고교생활

SS 길고양이는 다가가면 진짜 바로 도망간단 말이지

그날 방과 후, 타카와시와 나는 아이카를 따라 학교 근처 주택가를 걷고 있었다.

아이카가 말하길, 추천하는 장소가 있다고 했다.

"아야메이케, 역에 가기에는 확연하게 우회하고 있는데, 그만한 가치는 있는 거지?"

즐겁게 걸음을 서두르는 아이카에게 타카와시가 말했다.

"네! 자신 있어요!"

"넌 자신 있다고 하고서 시험에 떨어지는 타입이잖아."

아이카의 긍정성을 타카와시가 즉시 부정성으로 덮었다….

"이 앞 공원에 주인 없는 애들이 많이 모이는 장소가 있어요!"

아이카의 말에 타카와시의 표정이 살짝 풀어진 것 같았다. 이 경우 주인 없는 애들은 분명 고양이일 거다. 들개가 대량으로 있는 공간은 너무 무섭고, 보건소가 가만있지 않는다.

"타카와시 너 고양이를 좋아했구나. 하지만 이해해. 권력자 타입인 녀석은 그런 이미지가 있어."

"그레 군이 멋대로 이해한다고 하는 건 짜증나지만, 고양이가 귀여운 건 사실이지. 늠름한 게 좋아. 인간에게 아양 떨지 않는 점이 호감이 가."

딱 너 같은 성격이라서 좋아하는구나, 하고 생각했지만, 말하지는 않았다.

"길냥이는 다들 저마다 개성이 있단 말이죠~ 게다가 아이카를 좋아해 주기도 하고요~ 두 사람에게도 분명 와 줄 거예요!"

"아이카, 혹시 고양이한테도 매혹화가 듣는 거야?! 그럼 고양이를 마음껏 만질 수 있겠네!"

타카와시도 고개를 숙이고 있었지만 솔깃하게 느끼고 있다는 것을 알 수 있었다. 애묘가에게는 환장할 만한 일이겠지.

"…아니, 고양이 스폿에 가는 건 중지하는 게 좋겠어."

그런데 애끊는 결단을 내리는 듯한 태도로 타카와시가 그렇게 선언했다. 대체 왜?!

"그레 군이 다가가서 고양이가 약해지면, 애묘가로서 괴로워."

"그러게! 작은 동물한테도 드레인은 작용해!"

그 후, 절충안으로 나만 떨어져서 모습을 보게 되었다.

"후후후, 치즈도 쿠앤크도 잘 지냈어요?"

"어머, 머리 만지게 해 주는 거구나. 꽤 순하네. 마음에 들었어.”

두 미소녀가 고양이와 놀고 있었다. 그림으로서는 대단히 좋은 그림이었다. 매혹화의 힘 때문인지, 고양이들은 아이카 옆에 있는 타카와시에게도 마음을 열고 있는 것 같았다.

나와 두 사람 사이에는 도로가 하나 끼어 있지만…. 이거, 여고생을 빤히 보고 있는 성범죄자라고 여겨질 거리감이다…. 같이 하교하는 느낌은 안 난다….

그리고 아이카의 무릎에 얼굴을 문지르고 있는 길고양이를 보며, 나는 생각했다.

차라리 고양이가 되고 싶다.

7권 끝

◈작가 후기◈

오랜만에 뵙습니다. 모리타 키세츠입니다!

먼저 코미컬라이즈에 관해 말씀드리겠습니다!

맥가든의 코믹 웹사이트 〈MAGCOMI〉에서 9월 18일부터 『물리적으로 고립된 나의 고교 생활@comic』의 연재가 시작됩니다! 아마 이 7권의 발매와 같은 타이밍일 겁니다!

작화는 라마 선생님이 맡아 주셨습니다! 아무쪼록 나리히라와 타카와시, 아이카를 잘 부탁드립니다!

각설하고, 7권에서는 비교적 큰 변화가 있었다고 할까, 변화의 징후를 써냈다고 생각합니다.

내용이 내용인지라 여기서는 너무 구체적으로 언급하지 않겠지만, 다음 권에 엄청난 내용이 나온다는 것만큼은 확실하게 말해 두겠습니다(웃음).

이다음 내용을 쓰는 게 큰일이라고 작가도 각오하고 있지만, 한편으로 나리히라가 조금씩 성장하여 마침내 커다란 껍데기를 하나 깨뜨리는 방향으로 움직인 것이 작가로서 기쁩니다.

이 이상 쓰면 결국 스포일러가 될 것 같으니까, 이쯤에서 화제를 바꾸겠습니다….

본편에서는 크리스마스가 한창이었으나, 이 후기를 쓰고 있는 저는 한여름을 체감하고 있습니다. 그런 여름인데, 열심히 여행을 다녀서 몇 가지 컴플리트를 달성했습니다.

우선, 현존 12천수에 전부 올랐습니다!

뭔가 배틀 만화의 십걸중 같은 울림인데, 에도 시대의 천수각이 남아 있는 열두 개의 성을 말합니다. 그중 국보인 다섯 곳, 마츠모토성·이누야마성·히코네성·히메지성·마츠에성은 아시는 분도 많지 않을까요.

그 외의 일곱 곳은 아오모리 현의 히로사키성(공사할 때 견인하여 천수 전체를 이동시켰음)·후쿠이 현의 마루오카성(일본에서 가장 오래된 천수)·오카야마 현의 빗츄마츠야마성(해발고도가 꽤 높음)·카가와 현의 마루가메성(돌담이 멋있음)·에히메 현의 마츠야마성(고양이가 많음)·똑같이 에히메 현의 우와지마성(부지에 덩그러니 있어서 미니어처 느낌이 남)·코우치 현의 코우치성(천수라고 할까, 저택 같은 느낌이 남)입니다.

이 중에서 산 위에 있어서 가기가 귀찮은 빗츄마츠야마성에 마침내 도달하여 컴플리트했습니다.

또한 일본의 국보 건축물이 있는 곳에도 전부 가 봤습니다!

마지막으로 남았던 게 기후 현의 '안코쿠지'라는 절이었습니다. 관광 안내소에 전화로 물어보고, 일주일에 3일(월요일, 수요일, 목요일)만 다니는 버스를 타고 갔습니다. 교통 기관이 주 3일만 운영하다니, 꽤 레어하죠.

그렇게 근처 마을까지 가긴 했는데, 절에 올라가는 길을 알 수 없어서, 마당에 있던 할머니에게 어디로 올라가냐고 길을 물었습니다. 그랬더니 마당에 널어 둔 이불을 옆으로 밀어서 들어오는 길을 만든 할머니가 '저쪽으로도 갈 수 있지만, 이 마당을 가로지르는 게 빠르다'라고 가르쳐 주셨습니다. 내심 '이거, RPG에서 마을 사람에게 말을 걸어야만 갈 수 있는 포인트잖아!'라고 생각했습니다. 마당을 지나가게 해 주신 할머니, 감사합니다.

뭔가 목적을 찾아서 여행하면 게임을 클리어한 것 같은 성취감이 생깁니다. 여행에 관심은 있지만 영 결심이 서지 않는 분은 발상을 역전하여 'ㅇㅇ에는 반드시 가야 한다'라는 규칙을 만드는 건 어떨까요?

저도 특별히 여행광이었던 건 아닌데, 어느새 여행 자체가 취미가 되었습니다. 그리고 나리히라처럼 드레인이 있어서 단체 행동이 어려운 사람에게도 잘 맞는다고 생각합니다. 산속에 들어가면 아무래도 인간을 안 만나는지라….

마지막으로 감사 인사를. 이번에도 완벽한 일러스트를 그려 주신 Mika Pikazo 선생님, 정말 감사합니다! 선생님의 일러스트를 노리고서 글을 쓰고 있는 면도 있습니다. 아니, 2권의 수영복편은 편집자님이 수영복을 입을 만한 장면을 쓰라고 했었습니다.

나리히라와 타카와시가 평범하게 생활하면 바다에는 안 갈 것 같으니까요…. 대학생이 되더라도 아이카에게 제안받아 다 같이 바다에 가면 좋겠습니다. 대학에 들어가면 고등학교 친구는 자연스럽게 소멸되는 경우가 많지만, 나리히라 일행은 이러니저러니 해도 쭉 사이좋게 지냈으면 합니다.

뭐, 일단 대학에 가기 전에 고2의 겨울에 큰 전개가 기다리고 있죠! 다음 권도 확실하게 써 나가고자 하니 기다려 주세요!

모리타 키세츠

물리적으로 고립된 나의 고교생활 [7]

2024년 9월 10일 초판 발행

저자 모리타 키세츠 | **일러스트** Mika Pikazo | **옮긴이** 송재희
발행인 정동훈 | **편집인** 여영아
편집 팀장 황정아 김은실 | **편집** 노혜림
발행처 (주)학산문화사 | 서울특별시 동작구 상도로 282 학산빌딩
편집부 02.828.8838(전화), 02.816.6471(팩스) | **영업부** 02.828.8986(전화), 02.828.8890(팩스)
홈페이지 www.haksanpub.co.kr | **등록** 1995년 7월 1일 | **등록번호** 제3-632호

ISBN 979-11-411-4457-9 04830
ISBN 979-11-348-1466-3 (세트)

값 7,000원

학전도시 애스터리스크 17

미야자키 유 지음 | 오키우라 일러스트

최고봉의 배틀 엔터테인먼트,
릿카의 영웅들이
지고무상의 대단원을 장식한다!

애스터리스크의 모든 이야기가 여기서 끝난다…! '왕룡성무제' 결승 스테이지의 유리스 vs 오펠리아, '식무제' 스테이지의 아야토 vs 마디아스. 앞과 뒤, 양쪽에서 마지막 승부를 내야 하는 때가 왔다. 금지편 동맹의 음모로 애스터리스크 전역을 혼란으로 몰아넣은 사건들도 클로디아와 학생들의 활약으로 진정되고, 드디어 종국의 순간이 가까워진다. 그리고 모든 것이 끝난 후, 아야토는 유리스를 비롯한 소중한 동료들의 마음에 진지하게 답해야 하는데….

(주)학산문화사 발행